KB062334

로크미디어가
유혹하는
재미있는 세상

ROK
MEDIA
로크미디어

바인더북

바인더북 34

2019년 11월 28일 초판 1쇄 인쇄
2019년 12월 3일 초판 1쇄 발행

지은이 산초
발행인 이종주

총괄 김정수
경영지원 배진경 임혜솔 송지유

기획 이기헌 왕소현 박경무
책임 편집 이정규

발행처 (주)로크미디어
출판등록 2003년 3월 24일
주소 서울시 마포구 성암로 330 DMC첨단산업센터 3층 318호, 319호
Tel (02)3273-5135 **편집** 070-7863-8597 **Fax** (02)3273-5134
홈페이지 rokmedia.com **E-mail** rokmedia@empas.com

© 산초, 2013

값 8,000원

ISBN 979-11-354-4630-6 (34권)
ISBN 978-89-257-3232-9 04810 (세트)

BINDER BOOK
바인더북
34

| 산초 퓨전 장편소설 |

contents

BInDER
BOOK

통쾌한 아침

3일 전, 야스쿠니신사 소멸 직후의 한국.

종로구에 위치한 한동일보 사회부에 아침 댓바람부터 전화벨이 요란하게 울리고 있었다.

때릉. 때르릉.

"우웅! 시끄러워 죽겠네."

사무실 책상에서 밤을 새우다 엎드려 잤는지 입가에 침을 흥건히 묻힌 채 짜증을 낸 강기찬이 전화기를 들었다가 다시 내려놓고는 머리를 반대편으로 뉘었다.

하지만 그에 맞춰 다시금 '때르르르르릉' 하는 벨소리가 길게도 울려 퍼졌다.

"이 씨……."

금방이라도 짜증이 폭발할 것 같은 기색인 강기찬이 가까스로 인내하고는 전화기를 들었다.

"여보세요! 사회부 강기찬입니다!"

　비몽사몽간이었지만 마치 신고식이라도 하듯 힘찬 목소리는 지금의 심정을 대변하는 짜증이 고스란히 담긴 음색이다.

　―강 기자!

"누구……세요?"

　―큭. 이 자식이! 나야, 인마.

"나가 누군데……요?"

　―잠 덜 깼어? 나 송효준이라고!

"어? 송효준?"

　―그래, 인마.

"마! 할 일 없으면 잠이나 처자! 나, 마감 치느라 밤새웠다고!"

　―씨불 넘이 누군 밤새 뺑이 안 친 줄 알아? 글고 그게 오랜만에 전화한 동기한테 할 소리야?

"어, 뭐……."

　슬며시 미안해진 강기찬이 날을 세웠던 목소리를 누그러뜨렸다.

"근데 새벽부터 뭔 일이야?"

　―새벽 같은 소리 하고 자빠졌네. 지금 시간이 몇 신데.

　그 말에 바로 코앞에 둔 탁상시계를 확인하니 새벽 4시 40

분이었다.

"마! 4시 40분밖에 안 됐잖아?"

—그러니까 아침 댓바람이지.

"썩을 놈이……. 근데 거기 일본 아니냐?"

—그럼 일본이지 미국일까?

"난 또……. 엉아 졸린다. 용건이나 말하고 빨리 사라져 주시죠."

—오냐. 빨리 사라져 주는 대신 널 좀 바쁘게 만들어 주마.

"야야야, 그건 좀……."

—시간 없으니 간단히 말하마. 오늘 새벽에 야스쿠니신사가 사라졌다.

"야스쿠니가 뭐? 걔들이 신사참배 한두 번 하냐?"

—이게 지금 뭔 헛소리를 해 대고 있어? 얀마, 야스쿠니신사가 사라졌다고!

"아, 그래. 사라져…… 엉? 뭐, 뭐라고?"

—아놔. 이런 답 없는 새끼. 그렇게 꾸물거릴 시간 없으니까 네 이메일이나 열어 봐라. 거기 다 올려놨으니까. 끊는다.

"야! 어이! 효준아!"

—이 새끼, 이제 정신이 좀 드나 보네.

"그 말 진짜야?"

—뭐가?

"야스쿠니 말이다."

─그럼 진짜지. 지금 여긴 난리도 아니라고.

"난 믿기지가 않는다."

─얀마, 그럼 내가 지금 헛소리한다는 거냐?

"그럴 리가. 난 단지 무너진 것도 아니고 사라졌다니까 이상하다는 거야."

─염병할 넘. 무너진 게 아니고 정말로 사라졌다니까 그러네. 아니, 아예 흔적도 없이……. 아, 이건 아니구나. 흔적은 조금 남아 있는데 대부분 소멸됐다고! 나도 믿기지가 않지만 진짜로 그렇다니까!

"아, 알았어. 소멸됐다면 세상에 존재하지 않는다는 거잖아?"

─맞아. 야야, 이럴 시간 없다. 우리가 조간이니까 호외부터 날려야 한다고!

"호, 호외?"

─응. 오늘 신문이야 이미 각 지국에 보급됐을 테니까 호외밖에 더 있겠어?

"씨발. 국장님 승인 받아야 되는데 이 시간에……."

─그건 네가 알아서 하고. 난 분명히 전했다. 출출하네. 라멘이나 하나 먹고 나가 봐야겠다. 곧 또 연락할 일 있을 테니까 데스크 비우지 말고 대기하고 있어.

뚝.

"어? 야, 효준아! 송효준!"

뚜뚜뚜뚜뚜.

"아놔, 씨불 넘이."

강기찬은 얼른 컴퓨터부터 부팅시키고는 중얼거렸다.

"근데 뭐라고? 야스쿠니신사가 사라져? 미친!"

송효준에게 직접 듣긴 했지만 쉬이 믿기지가 않아 도리어 의심만 가득 찼다.

그도 그럴 것이, 강기찬 자신도 송효준 기자에 앞서 도쿄 특파원으로 근무한 바가 있으니 야스쿠니신사에 대해서는 누구보다 잘 알았다.

무려 9만 9천㎡(30,000평)나 되는 야스쿠니신사가 사라졌다니.

이게 말이 돼?

그것도 하룻밤 새에 말이다.

하지만 송효준 기자가 헛소리를 할 이유가 없지 않은가?

진짜라면 호외감으로 차고도 넘친다.

톡톡톡톡.

"이걸 믿어, 말어?"

검지와 중지로 책상을 두드리던 강기찬은 쉽게 결정할 수가 없었다.

본시 신문에는 창간 몇 호인지 그날그날의 호수가 적혀 있다.

호외라는 건 그 정규 호수가 아닌 번외로 나온 신문을 말하는데 기사의 내용은 대부분 특종이 주를 이룬다.

정말로 야스쿠니신사가 사라졌다면 분명히 호외 특종감이 확실했다.

"사실이라면 오늘 하루 종일 시끄럽겠는걸. 통쾌한 마음은 덤일 테고."

부우우. 부우우우.

"아놔. 왜 이리 느려!"

송효준이 보낸 기사가 궁금해진 강기찬은 부팅이 느려지자 조급한 마음이 되어 버렸다.

오전 8시경의 종로 거리는 분주히 출근하는 행인들로 어수선했다.

지하철에서, 버스에서, 택시에서 타고 내리느라 정신없는 아침의 행사는 오늘도 루틴처럼 이어지고 있었지만, 여느 날과는 조금 달랐다.

행인들의 손에는 거리 곳곳에 무더기로 쌓여 있는 호외가 한 장씩 들려 있고, 가던 길을 잠시 멈춘 행인들은 A3 크기의 신문에 머리를 처박고는 도통 움직일 줄 몰랐던 것이다.

툭!

"야, 이시훈, 추운데 여기서 뭐 해?"

종각역 출구를 빠져나오던 바바리코트 차림의 사내가 신문을 보느라 정신이 없는 남자의 등을 치고 어깨동무를 했다.

　　"티, 팀장님."

　　"뭘 보기에 정신을 놓고 있어?"

　　"아, 호외요. 저기……."

　　이시훈이 지하철 출구 담장을 가리켰다. 한데 잔뜩 쌓여 있어야 할 호외가 단 한 장도 없었다.

　　"얼레, 벌써 다 가져갔네."

　　"호외? 뭔 내용인데? 군인들이 쿠데타라도 일으켰대?"

　　"에이, 설마요. 야스쿠니신사 알죠?"

　　"알지. 그거 도쿄에 있는 거잖아?"

　　"가 보셨어요?"

　　팀장이 고개를 절레절레 흔들었다.

　　"아니, 말만 들었지. 그 왜 A급 전범 14명이 합사된 곳이 잖아? 일본 정치인들이 신사참배 하는 데라고 말이 많은 곳이기도 하고. 그 바람에 조금 아는 거지, 뭐."

　　"헤헷, 많이 아시네요."

　　"넌 가 봤어?"

　　"옙! 전 대학 시절에 동아리를 통해서 가 봤습니다."

　　"그래서 뭔 내용이 적혀 있는데?"

　　"직접 보시죠."

"됐다. 그거 볼 시간이 어딨어. 아침 미팅 잡혀 있잖아. 얼른 가서 준비해야지."

툭툭.

또 한 사내가 지하철 출구로 나오면서 이시훈의 어깨를 쳐 댔다.

"여! 이시훈!"

"오 대리님."

"히힛, 팀장님도 계셨네요."

"그래, 일찍 왔네."

"아침에 미팅이 있으니 서둘렀죠, 뭐. 근데 출근 안 하고 추운 데서 뭐 하세요?"

"나도 방금 도착했다. 그 신문은 어디서 났냐?"

"이거요?"

오 대리가 손에 쥐고 있던 호외를 들어 보였다.

"영등포역 입구에 잔뜩 쌓여 있던데요?"

"젠장, 나만 촌놈인가. 역곡역에는 왜 없지?"

"그럼 내용도 모르시겠네요?"

"금시초문이지. 근데 꼭 알아야 하나?"

"당연하죠. 전 이거 보면서 오느라 지루한 줄 몰랐거든 요."

"아뇨, 팀장님, 야스쿠니신사가 사라졌다니까요."

"뭐, 뭐가 사라져?"

"야스쿠니신사요. 황국신사라고 일본인들의 정신적 지주 역할을 하던 사원이 없어졌단 말입니다."

"지, 진짜?"

"한동일보에서 있지도 않은 일을 기사로 냈을 리가 없잖아요?"

"이리 줘 봐."

이시훈이 쥐고 있던 신문을 빼앗은 팀장이란 사내가 기사의 내용을 훑으면서 한동안 몇 번의 탄성을 자아내더니 마침내 신문을 접고는 말했다.

"와! 오랜만에 귀에 착 감기는 소식이라 그런지 전혀 싫지가 않네."

"그쵸? 키키킥. 쪼잔함이 바다처럼 고대한 놈들의 얼굴을 좀 봤으면 좋겠습니다."

"특히 모리 수상의 얼굴요."

"크크큭. 아마 똥색으로 변했을걸요."

"이따가 미팅 끝나고 TV 보면 되지. 근데 이게 그냥 사라졌을 리가 없잖아? 폭탄이나 화약이 폭발한 것도 아니고."

"에이, 신사에 폭발물이나 화약을 갖다 놓았을 리가 없죠."

"거기 유슈칸 있잖아? 전쟁박물관 말이다."

"오 대리님도 가 보셨어요?"

"어. 저번 출장 때 잠깐 들러 봤는데 씨발 놈들이 전쟁터에 나가 있는 애새끼들 유서까지 펼쳐 놨더라."

"저도 그거 봤어요. 방문한 일본인들이 그 유서를 보고 질 질 짜는 것도 봤고요."

"내 말이. 애먼 애들 전쟁터에 보내서 다 죽여 놓고는 그런 짓을 하고 있으니 억장이 무너지더라고."

"1980년대에 일왕의 반대에도 불구하고 정치인들이 태평양전쟁을 이끌었던 A급 전범들의 위패를 야스쿠니에다 옮겼죠. 그 이후 극우 세력의 집합소로 이용되고 있는 악마 같은 곳이잖아요."

"어린애들이 그런 걸 보고 자라서 향후 일본을 이끄는 이상 동북아의 평화와 번영은 먼 나라 얘기지."

"풋. 오히려 그런 걸로 인해 일본이 망할 수도 있죠."

"하긴 앞날은 모르는 일이지. 그 뭣이냐, 전쟁터에 나간 병사의 유서도 전시해 놨더만. 그것도 친절하게 영문판까지."

"저도 봤어요. 뭐라고 써 놨더라. 아, '천황 폐하를 위해 죽는 것보다 더 큰 영광은 없다.'라고 써 놨더라고요."

"미친놈들. 뭐, 그 당시야 군국주의자들이 일왕을 신으로 받들었을 때니……."

"크크큭. 현대의 일본인들은 많이 황당스러워하겠어요."

"그걸 억지로 끼워 맞추는 게 일본 정치인들이 할 일이지."

"지옥유령이라. 걔가 폭탄과 화약을 밤새 짊어지고 날랐

나?"

"에이, 지옥유령은 딱 들어 봐도 좀 상징적인 냄새가 풍기잖아요."

"그래도 사람이 한 짓이라고 봐야지. 설마 귀신이 했을까."

"그렇긴 한데 일본 정부에서 지옥유령이라는 깃발 하나 달랑 건진 것 외에는 아무것도 밝혀진 게 없다고 하잖아요?"

"그 자식들 말을 어떻게 믿어."

"그래도 방송이나 신문은……."

"방송? 신문? 지랄하지 말라고 해. 다 똑같은 놈들이야. 일본 매스컴들은 정치인들이 싫어하는 건 절대 안 해. 그 때문에 아직까지 봉건주의 소리를 듣는다고."

"팀장님, 누가 저질렀든 간에 하룻밤 새 이런 일이 일어날 수 있기는 한 겁니까? 그것도 아무도 모르게 말입니다."

"그러게. 더욱이 아무런 징조가 없었다는 게 더 이상하다."

"오 대리님, 이 기사를 쓴 송효준 기자는 도저히 일어날 수 없는 불가사의한 일이라고 평했는데요. 그 어떤 조짐도 없었다고 하네요."

"내 말이 바로 그거야. 뭔가 일이 벌어지려면 조짐이란 게 생기잖아? 개들이 마구 짖는다거나 개미가 대이동을 한다든가 그런……."

"맞아요. 지진이나 해일 같은 게 올라치면 짐승들이 불안해하며 막 짖어 대고 난리를 피우잖아요."

"이시훈, 여기 기사 말미에 보면 쇳덩이로 된 것들은 남아 있다는데?"

"그것도 대부분 부식돼서 제 형태를 잃은 상태라잖아요."

"지옥에서 현신한 초산유령이 하늘로 올라가서 염초산을 비처럼 쏟아부었나 보죠, 뭐."

"검은 모래에 그런 초산 성분이 있다는 말은 없는데?"

"아무려면 어때요. 웃자고 하는 얘긴데……."

"마! 지금은 밀림 지대나 험한 오지에 서식하는 곤충 한 마리조차 다 까발려진 세상이야. 그러니 성분 자체를 모른다는 게 말이 되냐고?"

"맞아요. 외계인이 가지고 온 거라면 모를까."

"어? 외계인요?"

"그건 그냥 하는 말이야."

"아니죠. 일리 있는 말 같아요. 외계인이 아니란 증거도 없잖아요?"

"야야, 그건 너무 오버다."

"하핫, 내가 말해 놓고도 좀 허무맹랑하네. 취소다, 취소!"

"그래도 전 오늘 아침이 왜 이리 통쾌하도록 달콤한지 모르겠어요."

"달콤하다고?"

"예. 소름이 돋을 정도로요. 오 대리님도 그렇죠?"

"하하, 실은 나도 그래. 팀장님은요?"

"마! 나도 한국인이라고. 쪽발이들이 가끔가다 염장 지를 때를 생각하면 지금도 피가 거꾸로 솟는다니까. 사실 이만큼 통쾌한 소식도 없잖아? 푸하하하핫."

"아마 우리나라 국민들 거의 대부분이 팀장님과 같은 기분일 겁니다."

"오 대리님, 또 알아요?"

"내가 뭘 알아?"

"야스쿠니 말고 다른 곳에서도 이런 일이 일어날지 말입니다."

"네 말은 이 일이 일회성이 아닐 수도 있단 거야?"

"예."

"……!"

이시훈의 말에 두 사람은 서로를 쳐다보면서 그럴 수도 있겠다는 눈빛을 교환했다.

"에이, 그냥 하는 말이에요. 이번에도 사람이 죽었는데. 전 사람이 죽는 건 아무리 일본인이라도 별로거든요."

"짜식이 여리기는. 팀장님, 미팅 시간이 다 됐어요."

"빨리 가자."

"와! 우리만 놀란 건 아니네요."

이시훈의 말처럼 놀라움은 그들만의 것이 아니었다. 주변 사람 모두가 경악한 기색이 역력했다.

아울러 그들 역시 통쾌했던지 어딘지 모르게 너도 나도 입가에 미소가 먹물처럼 번지고 있었다.

심지어는 도무지 주체할 수가 없었는지 소리 죽여 킥킥대거나 한번 대소를 터뜨리거나 고함을 지르고는 제 갈 길을 가는 사람들도 보였다.

평소 같았으면 조금 이상한 사람으로 보았겠지만, 호외를 들고 있는 이상 오늘만큼은 이해를 하는 표정들이었다.

그러나 호사다마랄지 세 사람의 좋았던 기분을 팍 식어 버리게 하는 뉴스가 가전제품 가게에서 흘러나오고 있었다.

그것은 일본어였고, 지금 막 일본 외무성에서 발표하는 것을 한국 방송국에서 여과 없이 방영해 주는 중이었다.

―……국제법적으로 일본 영토이자 시마네현 5개 촌에 속해 있다. 그럼에도 불구하고 한국이 독도를 불법 점거하고 있다. 다케시마 영유권 문제에 대해 역사적 사실에 근거해서도, 국제법상으로도 명확하게 일본의 고유 영토라는…….

"아놔. 이놈의 쪽발이 시키들 또 시작이네. 뻑하면 저딴 소리나 지껄이고 있으니 또 열 받네."

툭!

"마! 야스쿠니가 없어졌잖아."

바인더북

"에? 야스쿠니와 독도가 뭔 상관이 있다고요?"

"상관이 있어서가 아냐. 공황에 빠져 있을 일본 국민들의 마음을 독도로 돌리려고 발광하는 거지."

"오 대리, 제법인데?"

"당연한 수순이잖아요? 일본 놈들이 저러는 게 원 데이, 투 데이도 아닌데……."

"이시훈, 오 대리 말이 맞아. 일본 정부는 무슨 일이 생길 때마다 반드시라고 해도 좋을 만큼 독도 문제를 들고나오곤 했으니까."

"이상하네요. 제 놈들 땅도 아닌 우리나라 영토인 독도가 놈들에게 전가의 보도라도 된답니까?"

끄덕끄덕.

"암, 되고말고."

"예에?"

"이봐, 이시훈, 간단한 거야. 일본 자민당이 독도를 거론할 때마다 지지층이 넓어졌거든."

"그럼 표를 의식한 정치적인 발언이라는 겁니까?"

"그렇지."

"하! 야비한 새끼들."

"일본 자민당은 무조건 우향우잖아?"

"그걸 따지지도 않고 따르는 일본인들이고."

"뭐, 저도 일본인들이 단 한 번도 자기들 스스로 뭘 해 보고자 했던 적이 없었다는 건 알아요."

"하하핫, 그런 걸 노예근성이라고 하지."

"다이묘라 불리던 영주 시대의 악습이 지금도 유효하다고 보면 틀린 말은 아닐 거다."

"아무튼 오늘 하루 종일 이 일로 시끄럽겠는데요."

"난 정부가 공식 입장을 내놓을지가 더 궁금해지는데?"

"에? 팀장님, 독도 문제는 그냥 지껄여라 하고 놔둬야죠."

"그거 말고 야스쿠니 말이다."

"그 정도 사건을 가지고 공식으로 입장을 표명하진 않을 것 같은데요?"

"맞아요. 우리나라로 보면 사찰 하나가 사라진 것뿐인데 무슨……?"

"에이그, 그래서 너희가 아직 어리다는 거다. 상식 공부를 좀 더 하고 생각의 폭을 넓히는 데 힘써라."

"그래서 이유가 뭔데요?"

"마! 친일파들이 가만히 있겠냐고?"

"치, 친일파요?"

"그래, 우리나라 정치인들 중에 친일파가 아닌 작자들이 몇 명이나 되겠냐?"

"그건 미처 몰랐습니다. 제가 듣기로도 신진 세력을 제외하고는 죄다 친일파라면서요."

"맞다. 그놈들이 종용해 대면 대통령도 어쩔 수 없다고.

지금 정국이 여소야대잖아?"

"씨발. 그놈의 친일파 새끼들. 그냥 일본에 가서 살지 왜 여기서 지랄들 하고 있는 건지……."

"그런 새끼들을 우리가 월급까지 주면서 먹여 살리고 있잖 아요?"

인상을 잔뜩 찌푸린 이시훈이 엘리베이터 버튼을 누르면 서 한마디 내뱉었다.

"아, 열불 터져."

"됐다. 언젠가는 정리가 되겠지."

띵.

엘리베이터 문이 열렸다.

그 시각, 선녀찬방.

담용의 고모인 육선녀가 바삐 손을 놀려 반찬 4팩을 담아 서는 새댁으로 보이는 손님에게 건넸다.

"여깄어요."

"얼마죠?"

"다 해서 8천 원이에요."

"여기요."

"감사합니다, 만 원 받았습니다."

계산대로 간 육선녀가 거스름돈을 가지고 왔다.

"자, 거스름돈 2천 원입니다."

"네. 수고하……."

"잠깐만요."

"……?"

돌아서는 새댁을 멈춰 세운 육선녀가 서비스 제품으로 마련해 둔 반찬 봉지를 들고는 말했다.

"새댁, 이거 올해 담은 마늘종 장아찌거든요. 맛이 잘 들었으니 신랑한테 먹여 봐요."

"옴마나아! 고맙습니다."

"호호, 고맙긴요. 단골이신데요."

"아주머니, 팥죽은 점심때 오면 살 수 있죠?"

"네. 점심 식사와 저녁 식사 때 오시면 돼요. 포장도 되지만 여기서 먹어도 되고요."

"콩죽, 호박죽, 녹두죽, 팥죽, 잣죽, 전복죽 모두 여섯 가지네요."

"그날 판매할 만큼만 쑤어서 양이 많지는 않아요. 남으면 곤란해서요."

"이따가 다 팔리기 전에 팥죽 사러 올게요. 신랑이 팥죽을 무지 좋아하거든요."

"그래요."

"수고하세요."

"오늘 날씨가 좀 많이 춥네요. 조심해서 가요."

"네."

드르륵.

손님인 새댁이 미닫이문을 열자 찬 바람이 훅 들어왔다.

그 찬 바람과 함께 새댁이 나긴 후, 곧장 혜인이와 만박이가 안으로 들어섰다.

"고모! 고모!"

"아니, 얘가 아침부터 웬 호들갑이야."

"고모, TV 봤어요?"

"TV?"

"응."

"아침에 장사하기 바쁜데 TV 볼 시간이 어딨니?"

"아이고오! 답답이 우리 고모. 지금 장사가 문제가 아니라고!"

"찬방이 장사를 안 하면 뭘 한 건데?"

"내가 말을 말아야지."

"언니는 안 와?"

"리모컨! 리모컨 어딨어?"

"언니는 안 오냐니까?"

"올 거야!"

"흐이구, 말만 한 계집애가 엉덩이에 불붙은 망아지처럼 날뛰긴."

"고모!"

망아지란 말에 혜인이 눈초리가 샐쭉 올라갔다.

"리모컨 어딨냐니까?"

"거기 돈 통 옆에 있잖니."

혜인이 리모컨을 가지러 가는 것을 본 만박이가 다가와 공손한 자세로 인사를 했다.

"고모님, 저 왔어요."

"희수 군, 어서 와요."

"고모님도 참. 말씀 낮추시라니까 자꾸 그러셔요."

"호호, 차차 나아질 테니 신경 쓰지 말아요."

"제가 드나들기 불편해서 그러죠."

"하나도 안 그래 보이는데요?"

"에이, 진짜라니까요."

"아참, 방학했다면서요?"

"예. 지난주에 종강했어요. 이제 내년이면 4학년 돼요."

"군대는 어떻게……?"

"제가 학군단 소속이어서 4학년 마치고 가면 돼요."

"어머! ROTC였어요?"

"헤헷, 예. 다음 달 10일에 2주간 동계훈련 들어가요."

"1월 10일이면 엄청 추울 텐데 고생이 많겠네요."

"방학 기간밖에 훈련할 시간이 없어서 어쩔 수 없어요. 하계훈련은 8월에 있는걸요."

"저런! 그때도 한창 더울 땐데. 아! 아침 식사는 했어요?"

"아, 아뇨."

"보아하니 오늘도 자다가 혜인이한테 끌려온 것 같은데 맞죠?"

"······예."

"나도 식사 전이니 혜린이 오면 같이해요."

"매번 죄송해요."

"푸훗."

만박이가 머리를 긁적이며 멋쩍어하자 육선녀가 입을 가리며 웃음을 날렸다.

"미안해할 것 없어요. 혜인이도 희수 군을 좋아하니 이대로라면 한 식구가 되는 건 시간문제죠."

이미 남이 아니란 얘기.

"제가 혜인이를 많이 좋아합니다."

"나야 잘 알죠. 하지만 큰조카한테 허락받아야 될걸요."

"뭐, 큰형님이 넘어야 할 가장 큰 산이긴 하지만, 그래도 극복해야죠. 다른 사람들은 몰라도 고모님만큼은 제 편이 되어서 적극 밀어주실 것을 믿어 의심치 않습니다."

"편이 되어 주는 거야 뭐가 어렵겠어요? 대신에 끼니는 절대 거르지 말고 여기 와서 먹도록 해요. 젊었을 때 잘 먹어 둬야 나이 들어서 고생을 안 해요. 나 먹을 때 숟가락 하나 더 올리면 되니까, 눈치 같은 건 볼 필요도 없고요. 알았죠?"

"옙, 알겠습니다!"

"호호홋."

부동자세로 거수경례까지 하며 힘차게 대답하는 만박이의 모습에 육선녀가 이번에는 하얀 치아를 드러내며 웃어 댔다.

"고모! 희수 오빠! 빨리 와 봐요. 지금 나온다고요!"

"희수 군, 쟤는 갑자기 왜 저런대요?"

"일본 도쿄에 있는 야스쿠니신사가 하룻밤 새에 없어졌다는 소식 때문에 그래요."

"야스쿠니신사요? 그게 왜 없어져요?"

"없어진 자리에 지옥유령인가 하는 깃발이 놓여 있는데, 단서가 그것뿐이라 일본도 그 원인을 모른다고 하네요. 지금 그것 때문에 일본 정부나 국민들이 패닉에 빠졌다고 해요."

"깃발이야 사람이 갖다 놨을 테니 범인은 곧 잡히겠네요."

"어찌 됐든 우리야 뭐……."

"……?"

"깨소금 맛이죠. 솔직히 통쾌하기도 하고요."

"사람은 안 죽었대요?"

"몇 명 죽긴 했는데, 일단 뉴스 보면서 얘기하죠."

"아휴, 난 관심 없으니 밥이나 차릴래요."

드르르륵.

"고모!"

"고모님!"

"안녕하십니까, 고모님!"

출입문이 열리면서 목도리에다 두툼한 파카 차림의 혜린이와 정인이 그리고 출근 복장인 트렌치코트를 차려입은 김도원이 들어섰다.

"오! 어서들 와."

"고모, 밖에 엄청 추워!"

"그러게. 겨울 초입인데 벌써부터 이러니 한겨울 나기가 무서워지네."

"고모님, 반찬 좀 파셨어요?"

정인이가 들어서자마자, 쪼그려 앉아서는 손님들을 맞느라 조금은 어질러진 바닥을 정리하며 물었다.

"얘, 아서라. 그거 내가 하마. 넌 난롯불이나 쬐라."

"아이, 많이 팔았냐니까요?"

"늘 그렇지 뭐."

"오늘은 추워서 팥죽만 좀 더 쑤면 될 것 같아요."

"그럴까?"

"네. 어르신들이 뜨끈한 팥죽을 찾으실 것 같아요."

"추운데 외출은 어렵지 않을까?"

"남으면 우리가 먹으면 되고요."

"호홋, 그럴까?"

"한 됫박만 더 삶으면 되겠네요."

"고모님, 창고에는 제가 갔다 올게요."

"그래요. 희수 군은 별일 없으면 오늘부터 일하는 걸로 하면 어때요?"

육선녀의 말에 뒤뜰로 가려던 만박이가 멈칫했다.

"어? 고모님, 희수는 제가 데리고 가기로 했는데요?"

"도원 군이요?"

"예. 복사골요양원에 희수 같은 인재가 필요해서요. 이사 장님도 꼭 데려오라고 했거든요."

"어머! 그거 잘됐네요. 안 그래도 사내가 앞치마 두르고 다니는 모습이 좀 보기가 그랬는데……."

만박이가 주말만 되면 혜인이와 같이 선녀찬방에서 앞치마를 두르고 서빙하는 모습을 자주 봤기에 하는 말이었다.

만박이가 고개를 절레절레 흔들었다.

"고모님, 전 그래도 고모님 곁에 있는 게 더 좋아요."

"말은 고맙지만 여긴 남자가 일하긴 좀 그래요. 근데 아버님이 월급은 얼마나 주시기로 했어요?"

최만돌 곰방대 할아버지가 육선녀를 딸로 여긴 지 오래라 그녀는 늘 아버지라 불렀다.

"그건 아직……."

"고모님, 2백만 원 주시기로 했어요."

"옴마나! 이, 이백만 원요?"

"조금 과하긴 하지만 이사장님이 서울대학생이라고 통 크게 쏘셨어요."

"에이, 형님도 참. 일을 그만큼 빡세게 시킬 거잖아요? 이 사장님이 어떤 분이신데……."

육선녀가 입을 가리고 웃었다.

"맞아요. 바늘로 찔러도 피 한 방울 안 날 분이에요. 그리고 그만큼 주는 데는 다 이유가 있죠."

"맞는 말씀이에요. 제가 알기로 이사장님은 큰형님한테만 관대하신 것 같아요."

"야! 그건 그럴 수밖에 없잖아?"

"알아요. 이사장님은 땅을 대시고 큰형님은 자금을 투자한 공동 사업이라는 거요."

"짜식이 잘 알면서 투덜대고 그러냐?"

"투덜대긴요, 그냥 그렇다는 거죠. 쿵!"

콧김을 한번 쏴 댄 만박이가 돌연 안면을 바꾸더니 육선녀의 어깨를 감싸 안으며 살갑게 굴었다.

"고모님, 제가 월급 타면 우리 쇠고기 먹으러 가요."

"쇠고기? 그 비싼 걸요?"

"비싼 게 문제가 아니라 제게 돈이 생기면 고모님께 꼭 사드리고 싶었어요."

"제가 그런 대접을 받아도 될까요?"

"당연히 차고도 넘치죠. 그동안 제게 해 주신 것에 비하면 아무것도 아니지만, 우선은 그렇게라도 해서 신세를 조금이나마 갚고 싶어요. 그러니 꼭 같이 가셔야 해요. 알았죠?"

"오늘부터 희수 군 월급날만 기다려야겠네요."

"와아아! 희수 오빠, 지옥유령이 다음 차례는 일본 왕이 거처하는 왕궁이라고 했대!"

"뭐어?"

"지, 진짜?"

혜인의 한마디에 가장 먼저 반응을 보인 사람은 만박이와 김도원이었다.

"옴마나!"

"지옥유령이 또 나타났대?"

아침 밥상을 차리고 있던 혜린이와 정인이까지 손을 놓고 TV 앞으로 몰려들었다.

"당최 뭔 일이라니?"

다들 분위기가 그렇다 보니 슬며시 호기심이 동한 육선녀 마저 TV 앞으로 다가섰다.

—이제는 고쿄가 위험합니다. 지옥유령이 고쿄로 가겠다고 협박하는 깃발이 오테마치역의 가로등에서 발견이 됐습니다.

"고쿄? 거기가 어딘데?"

"고모님, 일본 왕이 사는 집이에요."

화면 아래의 한글 자막을 보던 육선녀가 묻자, 만박이가 대답했다.

"그럼 왕궁?"

"예."

—국민 여러분, 화면을 봐 주십시오.

"지옥유령이 보낸 글이다!"

"영어로 되어 있네."

[The Ghosts of Hell Are Going for Gokyo]

"희수 오빠, 고쿄가 위험하대. 저 아나운서 꼴 좀 봐. 새파랗게 질린 거 보여? 으캬캬캬캬."

도도도도.

격한 통쾌함의 표현이었던지 혜인이 발까지 굴러 대는 깨방정과 함께 괴상한 웃음을 날렸다.

"잘한다! 그래, 이 기회에 몽땅 부숴 버려!"

꽁!

주먹까지 쥐고 흔드는 혜인의 머리로 육선녀의 꿀밤이 날아들었다.

"앗!"

"이놈의 계집애가 점잖지 못하게시리."

"아! 고모, 아프잖아."

"그럼 아프라고 때렸지. 그 괴상한 웃음은 또 뭐야."

"히잉."

"담민이는 아침밥 먹여서 보낸 거야?"

"당연하지. 근데 혜린이 언니도 있는데 왜 나만 가지고 그래?"

"네가 담민이 책임진다며?"

"맞아. 혜인이 네가 한호전문대에 특별 전형으로 합격한 기념이라며 입학할 때까지 담민이 챙기겠다고 했잖아?"

"언니는? 담민이 걔 요즘 대회도 없단 말이야!"

"곧 동계 훈련 간다던데?"

혜인이 입을 삐죽 내밀었다.

"알았어, 알았다고. 씨이, 다들 나만 갖고 그래."

"누가 시킨 것도 아니고 네 입으로 한 말이니까 그러는 거지."

"좋아. 담민이는 내가 책임지고 거둬 먹일 테니까 언니는 돈이나 줘."

혜인이 혜린에게 손을 내밀었다.

"돈? 뭔 돈?"

"운전면허증 따라며."

"근데? 그 돈을 왜 나한테 달래?"

"언니도 투자는 해야지. 그냥 날로 먹으려 들면 안 되잖아."

"그게 뭔 소리야? 난 모르는 일이니까 나한테는 입도 뻥긋 마라."

냉정하게 자르며 외면하는 혜린의 차가운 모습에 당황한 김도원이 얼른 나섰다.

"하하. 처제, 그 돈은 언니 대신 내가 줄게."

"형부가요?"

"응. 얼마…… 앗! 따거!"

혜인의 일에 기분 좋게 나섰던 김도원이 별안간 허벅지를 감싸 쥐고는 펄쩍펄쩍 뛰었다.

"크크큭."

"쿠쿠쿠쿡."

혜린에게 제대로 꼬집혀 눈물을 찔끔거리는 김도원의 모습에 모두들 소리 죽여 웃느라 입이 빵빵해졌다.

"끄으응. 어, 얼마지?"

'으이그. 애먼 김 서방이 물벼락 맞은 격이로세.'

혜린이 저러는 것은 돈 한 푼이라도 쉽게 얻어 내려 하는 혜인에게 뭐든 쉽지 않음을 일깨워 주기 위한 의도된 행동이었다.

이를 잘 알고 있는 육선녀라 김도원의 모습이 짠했던 것이다.

'쯧. 빨리 결혼식을 올려서 살림을 차려야지, 원.'

서로 결혼식만 올리지 않았다 뿐이지 김도원은 이미 육씨 집안의 백년손님이나 마찬가지였다.

　그래서 김 서방이니 형부니 처제니 하는 호칭으로 서로 간에 친근감을 돈독히 했다.

　"오, 오십만 원요."

　"윽! 뭐가 그리 비싸!"

　"에헷! 도로주행비까지예요."

　혜린이 두 사람 사이에 끼어들었다.

　"삼십만 원!"

　"언니이-!"

　"그 금액으로 협상하든지 싫으면 오빠 돌아오면 해결해."

　"이 씨."

　입이 댓 발이나 튀어나온 혜인이 세상 서글픈 눈빛을 하고는 김도원을 쳐다보자, 혜린의 눈치를 살핀 그가 연신 눈을 깜빡이는 것이 보였다.

　혜인의 입이 쏙 들어갔다.

　"좋아! 결혼 자금 모으기 바쁜 언니를 위해 내가 인심 썼다."

　혜린이 의외라는 표정을 지었다.

　"네가 웬일이야, 단박에 협상에 응하고."

　"할 수 없잖아. 모자라는 건 내 돈으로 보태서라도 면허증을 따는 게 우선이니까."

"차 갖고 싶은 마음이 먼저인 거지."

"히힛. 큰오빠 오면 바로 구입할 거거든."

"차는 봐 놨고?"

"2001년식 티코."

"새 차 사려고?"

"응. 사람들 얘기 들어 보니까 그러는 게 더 낫대."

"그거 가격이 얼마지?"

"450만 원 정도?"

"사양에 따라 값이 더 나갈 수도 있잖아."

"그야 물론이지."

"경차인데도 싸지 않네."

"근데 처제, 면허 딸 자격은 돼?"

"그럼요. 제 생일이 9월 7일이라 벌써 석 달 지났거든요."

"운전면허취득이 만 18세부턴가?"

"네!"

"얘, 밥 안 먹을 거야? 출근들 해야지."

"새언니가 벌써 다 차렸네, 뭐."

"아오오! 저, 저…… 야, 이 나쁜 놈아! 그걸 말이라고 해!"

텅텅텅.

혜린과 혜인이 옥신각신하는 동안 이번에는 TV를 보던 희수의 열이 잔뜩 오른 목소리에 이어 탁자를 내려치는 소리가 들려왔다.

"희수는 또 왜 저래?"

김도원이 TV 쪽으로 시선을 돌려 보니 일본 각료의 입에서 독도 망언이 흘러나오고 있었다.

―국제법상으로도 명확하게 일본의 고유 영토라는 것이 증명되어 왔음에도 한국은 지금까지 확실한 이유도 제시하지 않은 채 무단으로 점유하고 있는 것이다.

"미친놈들 같으니."

"희수야, 쓸데없이 그따위 것을 왜 듣고 있어?"

"그러게요. 귀만 버렸네요. 정말 어이가 없어서……."

"저딴 소리가 어디 하루 이틀이냐? 열 받지 마라. 너만 손해다."

"아무튼 난 우리 혜인이 말에 전적으로 찬성이에요."

전부 부숴 버렸으면 좋겠다고 한 말을 편드는 것이다.

"푸후훗, 편드는 건 좋은데 다 부숴 버리는 건 좀 그렇지 않아?"

"저는 생각이 달라요. 일제강점기 시절에 저 자식들이 저지른 짓들을 생각하면 당장이라도 땅이 침몰됐으면 속이 후련하겠어요."

유독 격하게 반응하는 만박이를 보고 김도원은 아차 싶었다.

바인더북

'아, 맞다. 희수 네가 독립유공자 집안이었지.'

이제는 희수에 대해 조금 안다.

희수네 집은 3대인 희수에 이르기까지 가난을 벗어나지 못했다고 한다.

희수가 일을 악물고 공부를 해서 조금이라도 등록금이 싼 국립대를 선택한 것도 그런 맥락에서였다.

워낙 없이 살다 보니 가족 중 한 사람이 가출하는 일까지 생겼다.

그것도 시집도 안 간 여자가 말이다.

바로 희수의 고모로, 독기를 품고 돈을 모은 끝에 서초동에서 사채업을 하는 문경숙이었다.

고로 만박이가 일본이라면 거품을 무는 건 당연한 일이었다.

"네 말이 맞다. 일본은 좀 혼나야 돼."

"현실이 그렇지 못하니 억울한 감정만 쌓이네요."

"근데 지옥유령의 정체가 뭘까?"

"글쎄요. 저도 감이 안 잡히네요."

"사람이 할 수 없는 일이라 범인을 찾기도 애매하고……."

"그렇다고 자연재해라고 볼 수도 없죠."

"그러게. 다른 덴 멀쩡한데 야스쿠니만 재앙을 당했으니 자연이 거기만 골라서 때렸다고 할 수도 없지."

"혹시 우리나라도 그런 변이 생기는 건 아닐까요?"

"에이, 설마."

"형님, 간단하게 생각할 게 아니라니까요."

"뭐, 들은 거라도 있어?"

"중국 랴오닝성요."

"아, 폭발이 있었다는 소식 말이지?"

"예. 여의도에 버금가는 면적이 폭삭 내려앉았다잖아요."

"인명 피해도 제법 컸다며."

"그렇게 보면 그다음 차례가 우리나라죠."

"비약이 심한 것 같긴 한데, 네 말대로라면 그럴 수도 있겠다 싶다."

"하! 깨소금 맛이긴 한데 슬슬 걱정이 되기도 하네요."

"정부에서도 그런 것쯤은 눈치채고 있을 거야."

"쳇! 막을 방법이 없다는 게 문제죠."

"형부, 희수 오빠! 식사해요!"

"그래!"

"희수 오빠, 헛소리나 해 대는 TV는 꺼 버려요!"

"알았어."

고교 I

2000년인 지금은 인터넷 문화 초창기라지만 발 빠른 포털 마니아들 덕분에 각종 사이트가 열려 있었다.

그중에서도 동호회 카페는 물 만난 듯 활성화되어 가는 중이었다.

카페들은 미래의 IT 강국다운 면모를 보이기라도 하듯, 각 일간지의 호외판보다 먼저 일본 야스쿠니신사의 소식을 전하고 있었다.

내용은 이랬다.

[배달아재의 초특급뉴스 1탄!]
〈일본의 혼, 도쿄 야스쿠니신사 사라지다〉

－어젯밤 일본 야스쿠니신사가 폭발로 사라짐.

－6시10분 현재, 도쿄의 일본인들은 충격의 도가니탕에서 헤매는 중임.

ㄴ대박센 : 엥? 그 거짓말 진짜야?

ㄴlast relief : 헐! 만우절이 지난 지가 언젠데. 아니, 곧 다가오나?@~@ 우웅. 야근해서 졸려. 나중에 들어오죠. 휘릭!

ㄴ빨래판 : 만우절? 어이, 4개월이나 남았다구. 근데 출근도 하기 전에 공갈에 얻어맞는 재수때기는 또 뭐냐?-_-

ㄴ018솔져 : ㅎㅎㅎ 담은 어디가 사라지려나? 설마 고쿄? ㅋㅋㅋ

[배달아재의 초특급뉴스 2탄!]

6시 15분 현재, 폭발이 아닌 소멸로 정정.

－범인은 the ghost of hell(지옥유령)로 밝혀짐.

ㄴ까망벨벳 : 방장아, 자꾸 와 이케? 깨구로.

ㄴ정치19단 : ㅋㅋㅋ 지옥유령. 이름 한번 쥑이네.

ㄴ갱상도친구 : 에구, 방장님요. 어제 산행 갔다가 하행길에 미끄러지더니만 살짝 돌아뼸어요?

ㄴ석박사 : 헛! 잠깐! 잠까아안!

ㄴ돌내려가유~! : 잉? 박사님, 와 그런디유? 배도 않은 알라 떨어지겠슈.

ㄴ석박사 : 나 방금 도쿄에 유학 가 있는 여동생에게서 소식 들음. 야스쿠니신사가 진짜로 소멸됐다고 함.

ㄴ겔뱅이 : 정말요?

ㄴ포마드멋쟁이 : 석박사님, 정말이우?

ㄴ석박사 : 지금 여동생과 계속 통화 중임. 얘가 되게 흥분했음. 경찰은 물론 육상자위대까지 움직이고 있다고 함.

ㄴ팔색조 : 고래? 잠시만 지둘려. 슝~!

ㄴ겔뱅이 : 오오! 진짜라면 이거 대박 사건이잖여?

ㄴ까망벨벳 : 대박뿐이겄어? 유쾌상쾌통쾌지. 근데 진짜 그런 거 맞아? 조간신문에는 없는데?

ㄴ까막살이 : 그야 어젯밤에 찍은 거니까 당연히 없지.

ㄴ짚신할배 : 혹시 호외 본 사람?

ㄴ석박사 : 헛! 할배다. 전원 쉿!

ㄴ짚신할배 : 5대종손 어디 갔노?

ㄴ까막살이 : 핵교 갔을 낍니더.

ㄴ짚신할배 : 벌씨로?

ㄴ까막살이 : 갸가 고 3…….

ㄴ5대종손 : 할배…….

ㄴ짚신할배 : 오이야. 핵교 안 갔다나?

ㄴ5대종손 : 심심해서 지금 가 보려고요. 근데 할배요. 호외는 종로통에나 가야 볼 수 있어요.

ㄴ짚신할배 : 와? 풍기가 어때서?

ㄴ5대종손 : 그런 시골에까지 안 가죠.

ㄴ짚신할배 : 종손아, 호외 한 장 갖고 튀 온나.

ㄴ5대종손 : 헉! 제가요?

ㄴ짚신할배 : 오이야. 5년 근 인삼 닷 근 주마.

ㄴ5대종손 : 넹^^

ㄴ까막살이 : 윽. 할배! 종손이는 고 3……

ㄴ짚신할배 : 까막아, 종손이 진즉에 합격해따. 그라이 안 가도 된다.

ㄴ까막살이 : 에? 진짜요?

ㄴ홀홀홀. 니도 온나. 니 요즘 잘 안 서재? 홍삼 몇 근 먹으면 아침 밥상이 달라질 끼다. 어서 오니라.

ㄴ까막살이 : 으흐흐흐. 넵! 총알같이 갑니데이.

ㄴ짚신할배 : 모다 놀러 오니라. 홍삼즙이 진하게 우러났다. 토종달구도 살이 토실하게 올랐고. 크흠.

ㄴ석박사 : 넵! 존경합니다.

ㄴ정치19단 : 할배! 사랑합니데이!

ㄴ배달아재 : 곧 날짜 잡을게효오오오-!

ㄴ이뿐이천재 : ……?????

ㄴ정치19단 : 크흐흐흠.

ㄴ이뿐이천재 : 짚신할배가 한 말이 뭔 뜻이죠?

ㄴ정치19단 : 에…… 정치19단으로서 단언하건대 야스쿠니가 사라진 게 사실이라면 쪽발이들의 정신적 붕괴가 일어

바인더북

날 게 틀림없다는 거다.

└이뿐이천재 : 맞아요. 아마 내면의 공포는 더 가중되고 있을지도 몰라요.

└정치19단 : 역시 울 이뿐이가 뭘 아네.

└이뿐이천재 : 에헤헤헤. 근데요. 아침 밥상이 달라진다는 건 또 뭔 뜻이에요?

└겔벵이 : 음.

└오지랖비 : 큼.

└파토대장 : 거시기…….

└정치19단 : 아, 그건 할배가 괜히 하는 소리니까 신경 쓰지 마라.

└영원한초딩 : 할배도 참, 애 앞에서…… 19단님, 이유를 말해 줘야징.

└오지랖비 : 초딩 태세전환 보소.

└파토대장 : 쥑이네. ㅋㅋㅋ

└이뿐이천재 : 흥! ε=ε=ε=

└청산도총각 : ㅋㅋㅋ 콧등 날아가네.

└파토대장 : 이뿐이 또 코가 한 자나 높아졌겠다.

└오지랖비 : 쟨 볼 때마다 높아지더라.

└영원한초딩 : 19단님, 설명을…….

└정치19단 : 어? 그래. 당연히 정신적 지주가 무너졌기 때문이지.

ㄴ석박사 : 정치19단 인정!

ㄴ정치19단 : ㅋㅋ기본이징.

ㄴ석박사 : 실제로 군국주의의 정신적 지주가 야스쿠니신사라고 보면 됨.

ㄴ영원한초딩 : 공부를 해 보겠지만 좀 자세히 부탁요. ㅎㅎㅎ

ㄴ정치19단 : 야스쿠니에 대해 설명하자면 긴데 간단히 말하면 태평양전쟁 당시의 A급 전범 14명이 합사되어 있는 곳으로, 일본 수상이 매년 그곳에서 참배하고 있다는 것이 문제지. 그리고 그곳에 일제강점기 당시 희생자 대다수인 한국인들도 같이 합사되어 있어.

ㄴ석박사 : 그 말은 곧 죽어서도 침략자가 만든 영혼의 감옥 안에 갇힌 셈이란 뜻이지. 제2차 세계대전 종전 이전에 합사된 한국인은 415명이고 일본이 패전한 후에 2만 7백여 명의 한국인들이 추가로 합사됐지.

ㄴ영원한초딩 : 아…….

ㄴ팔색조 : 헉헉헉.

ㄴ겔벵이 : 엥? 슝~! 하더니 그새 마눌님과 한바탕 거시기 하고 왔음? 와 이리 헐떡임?

ㄴ팔색조 : 지랄 떨지 말고. 이거 진짜 대대박이다. 일단 배달아재님, 존경합니데이. ㅎㅎㅎ

ㄴ대박아재 : ^-^;

└팔색조 : 모다 귀 후비고 잘 듣거래이. 나가 말씨 신주쿠에서 근무했더랬는디 거시기 허벌나게 기똥찬 소식을 들었구마이.

　└까망벨벳 : 이 양반은 고향이 어디기에 말씨가 팔도야?

　└청산도총각 : 그라이 별명도 팔색조 아닌가배.

　└팔색조 : 에헴. 잘 듣거라. 야스쿠니가 없어진 건 사실이고……

[배달아재의 초특급뉴스 3탄!]
　6시 45분 현재, 지옥유령이 고교를 다음 타깃으로 정함.

　└팔색조 : 아, 뭐야? 내가 말하려던 건데……-_-

　└까막살이 : 와아! 고교라면!

　└정치19단 : 일본 왕이 머무는 거주지지.

　└겔벵이 : 우얼. 볼만하겠는걸.

　└청산도총각 : 무지 기다려진다.

　└오지랍비 : 근데 지옥유령이 사람이야, 귀신이야?

　└까망벨벳 : 사람이든 귀신이든 뭔 상관? 쪽발이들만 조지면 장땡이지.

　└파토대장 : 언제 부순대요?

　└영원한초딩 : 그건 안 나온 것 같은데요?

　└전라도토하젓 : 하핫! 늦었네요^^;

　└갱상도친구 : 오올! 올만이요.

ㄴ전라도토하젖 : 나도 반갑소. 근디요. 요노무 시키들이 우리 해군을 물로 본 거 맞죵? 와 그 야그는 안 허요?

ㄴ갱상도친구 : 글죠. 근데 맞는 말이라 다들 입 싹 닫고 있는 중.

ㄴ대박센 : 인정. 비참해서 원. -_-

ㄴ018솔져 : 일본이 화망 구성하면 한국군이 일본 본토에 상륙하기 어려운 것도 현실임.

ㄴ돌내려가유~! : 진짜로 그려유?

ㄴ빨래판 : 아쉽게도 현재까지는 그래요. 20년 후면 모를까.

ㄴ갱상도친구 : 하! 돌아삐겠네.

ㄴ대박센 : 육군은 무지 강한데 말이지.

ㄴ포마드멋쟁이 : 근데 정부는 이리 무시를 당했는데도 공식 발표 한마디 없냐?

ㄴ018솔져 : 친일파가 짱 많거든.

ㄴ젤벵이 : 그래도 깨갱은 아니지.

ㄴ청산도총각 : 아무리 깨갱일라고. 신중한 거로 생각하자고.

[배달아재 긴급 뉴스]

-9시 정각 국방부 공식 발표 예정.

ㄴ까망벨벳 : 어? 그러면 그렇지. 곧 죽어도 꽥 하고 죽어

야 맞제.

  └전라도토하젖 : 오진다, 오져.

  └겔벵이 : 근데 와 국방부야? 정부가 아니공.

  └파토대장 : 독도 건은 무시하는 거고 해군력에 대한 건은 국방부가 제격이어서 그래.

  └대박센 : 오올. 파토! 굿!^^

  └파토대장 : 센 성님, 감사용.^^

  └대박센 : 이제 40분 남았네. 이 몸은 출근해야 혀서 이만 휘리링.

  └빨래판 : 나도. 토토토……

  └정치19단 : 저도 출근 카드 제시간에 찍으려면 지금 가야 해요. 이번 주는 바쁘네. 정모 준비도 해야 돼서리.

  └포마드멋쟁이 : ㅎㅎ 정모, 기대된다요.

  └까막살이 : 저는 스리랑카 출장 갑니다. 출첵 못 하니 정모 때나 뵐게요.

  └대박아재 : 까막아~!

  └까막살이 : 와요! 아재.

  └대박아재 : 홍차 좀 사 와라. 우리나라는 너무 비싸서리. 돈은 와서 주꾸마.

  └까막살이 : 시중에는 4등급 5등급밖에 없는데요?

  └대박아재 : 에이. 3등급 정도는 돼야지.

  └까막살이 : 3등급 이상은 이미 유럽 귀족들이 텅키로 계

약해서 씨알도 안 남았다고요.

　ㄴ대박아재 : 젠장. 없으면 할 수 없고. 그래도 함 찾아봐
라.

　ㄴ까막살이 : 알쏘오.

　ㄴ석박사 : 나도 좀……

　ㄴ까막살이 : 4등급이라도 괜찮다면 조금씩 나눠 드릴게
효~! 바~이~!

　국방부 기자회견실.

　와글와글. 시끌시끌.

　어느 회견장이나 마찬가지로 국방부 역시 시끄럽기 짝이
없었다.

　발표를 기다리고 있는 기자들이 서로 간에 정보를 교환하
느라 입을 쉴 새 없이 털고 있어서였다.

　"오 기자, 뭐 들은 거 있어?"

　"오히려 내가 묻고 싶은 말이다. 그러지 말고 밑천 좀 꺼
내 봐! 어서!"

　"쳇! 속곳까지 뒤져도 불알 두 쪽밖에 없는 몸이시다."

　"헐. 강 기자가 뒷주머니 찰 때도 있네. 나는 진짜 가진 게
없어."

'짜슥. 이럴 때는 빨리 딜하는 게 이롭지.'

"에, 또…… 삼겹살에 소맥. 딜?"

"에이, 그걸로는 좀 약하지."

"있구나!"

"젠장 할. 난 왜 이리 연기를 못하지?"

"마! 연기를 못하니까 기자질이 어울리는 거라고. 크큭."

"설마 날로 먹을 생각은 아니겠지?"

"당연하지. 이 엉아가 인심 썼다. 한우등심 쏠게."

"술은?"

"소주면 됐지 뭘 더 바라?"

"됐어요. 딜 파투!"

"아아, 왜 그래?"

"일없으니까 들러붙지 좀 마라."

"새끼가…… 더럽게 비싸게 구네. 좋다. 레미마틴 한 병!
더 이상은 나도 안 된다고."

"흐흐훗. 그래, 그 정도는 돼야지."

"대신 소설 쓸 분량 정도는 돼야 하는 거 알지?"

"기자질 일박이일 하냐?"

"오키, 이따가 저녁에 보자."

"으흐훗, 청산리벽계수에서."

"제길, 거긴 너무 비싸다고."

"그만한 값어치가 있는 거니까."

"호오, 자신만만한데? 알써. 청산리벽계수 콜!"

"어, 나온다."

"모두 정숙해 주십시오!"

그 말끝에 정복 차림의 육군 대령이 나와 단상에 섰다.

국방부 대변인인 정호윤 대령이었다.

카메라 셔터 소리가 요란하더니 이내 멈췄다.

정호윤 대령이 마이크를 조정하고는 곧장 입을 열었다.

"이번에 일본이 해군력을 언급한 것에 대해 공식적으로 답변하겠습니다. 일본이 스스로 무력이 충분하고도 넘친다고 했는데, 이는 초등학생도 자랑하지 않을 유치의 극을 달리는 말로 정부 관계자가 입에 담을 게 아니다. 아울러 미국과 러시아 다음으로 막강 해군력을 지녀 대한민국 해군의 7~8할을 무력화시킬 수 있다고 엄포를 놓는 등의 유치찬란한 말을 서슴없이 해 대고 있는 데 대하여 대한민국 국방부는 일절 무시로 일관하고자 하는 바이다. 이는 또한 평화를 사랑하는 국가가 입에 담을 일이 아님을 인지해야 한다. 이에 대한민국 국방부는 일본에 충고하는 바이다. 일본국 '헌법 제9조 1항, 일본 국민은 정의와 질서를 기조로 하는 국제 평화를 성실히 희구하며, 국권의 발동인 전쟁과 무력에 의한 위협 또는 무력의 행사는 국제 분쟁을 해결하는 수단으로서는 영구히 이를 포기한다. 제2항, 전항의 목적을 달성하기 위하여, 육해공군 그 외 전력은 이를 보유하지 아니한다. 국가의 교

전권은 이를 인정하지 아니한다.'라고 되어 있음을 상기하기 바란다. 헌법을 무시한 망언망동은 자멸만이 있을 뿐임을 경고한다. 이상 대한민국 국방부에서는 일본이 헌법을 준수하기를 적극 충고하는 바이다. 이상입니다."

그의 말이 끝나자 장내에 박수 소리가 울려 퍼졌다.

지옥유령의 예고대로 다음 방문 순번이 된 고쿄는 특급 비상사태를 선포했다.

그런 만큼 시야를 확보하기 위함인지 불빛을 대낮같이 밝힌 채, 고쿄 외곽은 물론 경내의 전각 하나하나까지 완전무장한 군경들이 유사시에 대비하고 있는 모습이었다.

투타타타타.

두 대의 헬기가 저공비행으로 고쿄 상공을 연신 돌아 대며 밤의 적막을 깨뜨린 지는 오래였다.

또한 출입문마다 간이 진지 구축은 물론 자동소총을 거치한 데 이어 각종 차량과 장갑차로 틀어막았고, 사방의 망루에는 대공포까지 거치해 공습에 대비하는, 그야말로 고쿄는 완전 전쟁 상태에 돌입한 요새나 다름없었다.

당연히 플루토와 아마테라스 팀원들 역시 분위기에 편승해 내원 곳곳에 배치되어 긴장의 끈을 늦추지 않는 모습이었다.

그러나 벌써 3일째 허탕을 치다 보니 긴장이 느슨해지고 있었다.

게다가 4일째로 접어드는 날 새벽은 아예 긴장이 무뎌진 나머지 자리를 이탈하거나 숫제 드러눕는 플루토 요원들마저 생겨났다.

그런 와중에도 왕궁 내의 산노마루쇼조칸은 조금 달랐다.

그 중요성을 감안했음인지 플루토 요원 몇 명을 제외하고는 아마테라스 요원들이 집중 배치되어 있었다.

그도 그럴 것이, 왕실 소유의 미술품 및 귀중한 물건들을 전시하고 있는 전각이 바로 산노마루쇼조칸이었다.

그런 탓에 아마테라스 요원들은 사흘째 접어들었음에도 플루토 요원들과 달리 집중력을 보이고 있었다.

그러니까 산노마루쇼조칸 주위는 아마테라스 요원들이, 뜰은 플루토 요원들로 채워져 있는 것이다.

산노마루쇼조칸 앞의 곧게 뻗은 정원수에 기댄 채 짝다리를 짚은 젊은 사내가 한껏 기지개를 켜며 괴상한 소리를 냈다.

"으캬캬캬! 지루해."

"헤이! 게일, 지루하지?"

"거스, 넌 어때?"

"나도 마찬가지야."

"젠장 할. 이 짓도 벌써 4일째라고. 언제까지 이래야 돼?"

"참아. 나도 불만이 없는 건 아니지만 코란트 팀장님이나 폴 부팀장님도 같은 처지잖아?"

"하긴. 근데 정말 지옥유령이란 놈이 오긴 할까?"

"글쎄다. 정확한 날짜를 정한 게 아니라서 어떨지 모르겠어."

"에이, 짜증 나. 근데 출출하지 않아?"

"출출하지. 간식 타임이라도 가질까?"

"그러자. 다들 말은 안 해도 그걸 바랄 거야."

"좋아. 부팀장님께 허락받는 건 내게 맡겨."

게일이 벤치에 걸터앉아 있는 덩치 큰 사내에게로 다가갔다.

덩치 큰 사내는 바로 앞 잔디밭에 앉아 다리를 모은 채, 끄덕끄덕 졸고 있는 붉은 머리카락의 여성, 아니 소녀에게서 시선을 떼지 못하고 있었다.

게일은 덩치의 사내가 저러고 있는 이유를 알고 있었다.

팀원들 모두가 알고 있는 사연이었다.

'에궁, 도대체 어떤 여자에게 반했기에 릴리한테 꼼짝을 못 하는 거야?'

"케헴, 부팀장님."

"게일, 자리 안 지키고 왜 왔어?"

"저기…… 출출한데 간식 좀 먹게 해 주시죠."

"간식?"

"예, 부팀장님도 출출하시잖아요?"

"아침 식사는 어쩌고?"

"간식 먹는 배는 따로 있죠."

"하긴 듣고 보니 나도 출출하긴 하네."

"거봐요."

"흠, 간식거리로 뭐가 있으려나?"

"배고픈데 가릴 건 없죠."

"글치. 신타로 씨에게 가서 뭐든 인원수대로 달라고 해서 돌려."

"옙!"

허락을 득한 게일이 잽싸게 돌아서서 뛰어갔다.

게일이 향하는 곳은 일본의 아마테라스 요원들이 경계를 맡고 있는 산노마루쇼조칸이었다.

산노마루쇼조칸의 계단에 걸터앉아 아마테라스 요원들을 지켜보며 무료한 시간을 보내고 있던 료마가 옆에 앉은 신타로에게 말했다.

"부대장님, 쟤들은 질서라는 걸 모르는 것 같습니다."

"그래도 맡은 일에는 실수가 없는 친구들이야."

"제가 보기엔 부팀장이란 폴 씨도 부하들과 쓸데없이 실실 거리는 걸 보면 나사가 하나 빠진 것 같은데요? 전 처음에 체구가 너무 커서 레슬링선수가 왔나 싶었어요."

"미국인들의 정서가 우리와 달라서 그래. 그래도 실력 하나만큼은 대단하다고 들었다."

"누구한테서요?"

"단장님이 그러시더군."

"오가사와라 단장님이요?"

"그래, 못해도 알파 마이너스급은 될 거라고."

"헉! 지, 진짜요?"

알파 마이너스급이란 말에 료마의 눈이 퉁방울처럼 불거져 나왔다.

"이런 걸로 거짓말을 해서는 득이 없다. 혹시라도 같이 작전할 때가 오면 전력을 알고 임하는 게 효율적일 테니까."

"맞는 말입니다. 근데 와아, 알파급이면…… 오가사와라 단장님과 동격이잖아요?"

"확실한 건 아니야. 누구도 능력을 드러낸 적이 없으니까. 그리고 단장님이야 우리 일본에서는 톱이신 분이니 당연히 알파급 정도는 돼야 격에 맞지."

"전 한 번도 본 적이 없어서 그게 대체 어떤 수준을 말하는 건지 감이 안 옵니다."

"그건 접할 기회가 없었던 나도 마찬가지다. 뭐, 브라보급

고교 ǀ 57

에 겨우 걸쳐 있는 수준이 쉽게 넘겨다볼 경지는 아니지. 찰리급인 너는 말할 것도 없고."

"명상을 열심히 하는데도 좀처럼 염력이 늘지 않아 고민입니다."

"그게 뜻대로 되는 것이라면 무슨 걱정일까? 초능력자라는 것만 해도 축복받은 것이지."

"헤헷, 그렇긴 하죠."

"그건 그렇고, 자네 파트너인 하지모토는 왜 여태 안 오는 거야?"

"아, 비상 걸릴 때 마침 휴가여서 합류가 늦습니다. 집이 홋카이도에 있거든요."

"오호. 홋카이도 출신이었나? 생김새를 보면 아이누족은 아닌 것 같고…… 사정이 있는 모양이군."

"니카타 출신입니다. 부친이 홋카이도에 개발청장으로 부임해 갔기 때문이죠."

"어, 그래?"

의외의 말이었던지 신타로의 눈꼬리가 삐죽 올라갔다.

"자정 전에 통화했을 때 곧 마지막 비행기에 탑승할 거라고 했으니, 아마 지금쯤 거의 도착했을 겁니다."

"하지모토의 메인 캐릭터가 서치(Search : 탐색)였지, 아마?"

"맞습니다. 서치 능력은 브라보 마이너스급으로 탁월한 편입니다. 게다가 뮤턴트맨이기도 하죠."

"흠, 그래, 뮤턴트맨이지."

"그 자체만으로도 강력한 요원이라 할 수 있지요."

"그나저나 서치 캐릭터라면 야스쿠니신사에 가 있는 시미즈 대장님 팀에 합류하면 좋았겠어."

"거긴 하루미 양과 구로다 군이 가 있습니다. 저는 하지모토의 스캔 능력 때문에라도 우리와 같이 있었으면 합니다."

"하긴 미리 살필 수 있다면 더 좋겠지만 야스쿠니가 좀 넓어야 말이지. 어디쯤 오는지 연락해 봐."

"하이!"

료마가 들고 있던 휴대폰으로 통화를 시도했다.

"하지모토 상, 어디쯤…… 에? 어디로 오고 있다고요? 도쿄역에 내렸다고요? 니주바시 쪽이냐고요? 거긴 군경들이 철통같이 지키고 있어서 출입이 안 돼요. 오테몬으로 와야 우리와 만날 수 있어요. 예예, 그렇죠. 산노마루쇼조칸에 있어요. 뭐, 아직은 별일 없어요. 하하핫. 다행이죠. 그럼 늦어도 대략 20분 안에는 도착하겠네요. 기다리겠습니다. 예. 예. 조심히 오세요."

탁!

"도쿄역에 내렸다면 금세 도착하겠군."

"어? 누가 오는데요?"

"게일이란 친구로군."

"전달 사항이 있나 봐요."

"철수하자는 말만 아니면 좋겠군."

"하긴 지겨울 겁니다. 자기네 나라 일도 아닌데……."

"초청한 손님인데 앉아서 맞을 수는 없지."

신타로가 엉덩이를 털며 일어서자, 료마도 따라서 일어났다.

"흐아아아암!"

"릴리, 목젖 다 보인다."

부팀장이라 불린 덩치의 사내가 입을 있는 대로 벌리고 하품을 하는 붉은 머리카락의 소녀를 보고는 키득댔다.

"흡!"

황급히 입을 틀어막은 소녀가 홱 고개를 돌려 덩치의 사내를 죽일 듯이 째려보았다.

"윽! 가, 가슴이……."

덩치의 사내가 마치 총에라도 맞은 것처럼 가슴을 움켜쥐며 비틀거리더니 풀썩 쓰러졌다.

"흥! 부팀장님은 전혀 결혼하고 싶은 생각이 없으신가 봐요."

벌떡!

"엥? 릴리! 그, 그게 뭔 날벼락 같은 소리야?"

"여자를 대하는 태도가 틀렸으니 결혼하긴 글렀다고요."

"릴리, 난 결혼을 해야 한다고! 그런 말은 내게 무지 상처가 된단 말이야!"

"헹! 어림도 없네요."

"왜, 왜? 내가 어때서? 이 정도 얼굴에 남자다운 몸매면 어디 가서 주눅 들 일은 없잖아. 거기에 직업도 빵빵하지. 여기서 뭘 더 바라?"

"나이는요?"

"나이야…… 연식이 좀 되긴 했지만 아직 마흔 살도 안 된 팔팔한 청춘이라니까!"

"좋아요. 나이는 그렇다고 쳐요. 하지만 부팀장님은 제일 중요한 걸 모르고 계세요. 그래서 여자 소개는 어려울 것 같아요."

"제일 중요한 거라니! 그, 그게 뭔데?"

"맨입으로는 절대 못 가르쳐 줘요! 흥! 흥!"

연방 콧방귀를 날린 릴리가 홱 돌아앉았다.

"릴리, 그러지 말고……."

덩치의 사내가 갑자기 곰살맞게 굴며 나긋한 자세로 변했다.

이를 곁에서 지켜보고 있던 갈색 머리의 청년이 머리를 저어 대며 끼어들었다.

갈색 머리의 청년 역시 덩치의 사내 못지않게 체구가 우람

했다.

"부팀장님, 그 모습은 정말 못 봐주겠습니다."

"에릭, 너도 금방이야, 짜샤."

"전 이제 20살 갓 넘었다고요."

"어허, 금방이라니까. 나라고 너같이 꽃다운 나이가 없었는 줄 알아?"

"꼬, 꽃다운 나이요?"

"왜, 내 말이 잘못됐어?"

"그게…… 여자도 아니고 남자가 무슨 꽃다운 나이예요? 그 우람한 덩치가 꽃이면 대체 무슨 꽃일지 상상이 안 간다고요."

"쯧쯔쯔. 에릭, 넌 아직 어려서 뭘 모르는구나. 호기심이 많을 때여서 그런가?"

"제가 앱니까? 호기심은 무슨?"

"마! 여자란 자고로 나같이 우람한 체구가 꼭 껴안아서 보호해 줘야 하는 거라고. 알아?"

"아뇨, 껴안긴 뭘 껴안아요?"

"하긴 너같이 야리야리한 체구라면 어림도 없지. 여자가 들어갈 틈이 없잖아?"

"말이 또 왜 그쪽으로 흘러가요?"

"왜? 뭐가 잘못됐는데?"

"전 관심 끊을 테니 부팀장님 마음대로 생각하세요."

어이가 없었는지 에릭이 고개를 절레절레 흔들며 릴리라 불린 여자에게로 갔다.

"에릭, 당하지도 못할 거면서 왜 끼어들고 그래?"

"아! 말이 통해야 말이지. 여자한테는 연애할 때 무조건 좋은 말만 해 줘야 되는데, 목젖이 보인다는 둥 팩트를 공격하면 어떡하냐고. 저러니 연애를 못 하고 맨날 헛방만 날리고 오지."

"내가 알기로 데이트는 몇 번 했을 텐데?"

"흥! 따귀 얻어맞고 발로 걷어차인 것도 데이트냐?"

"어머머, 그랬어?"

"그래. 폴이 데이트하는 날이면 으레 여자한테 차이고 오는 게 일상이라 할 수 있지."

폴은 부팀장이라 불리는 덩치의 이름으로, 고교에서 플루토 팀원들의 인솔을 책임지고 있는 인물이었다.

오드리 멜런이 초빙된 부팀장이라면, 폴은 코란트의 보좌로서 레드폭스의 실질적인 부팀장이었다.

"그, 그래서?"

릴리가 귀를 쫑긋이 곤추세웠다.

희한한 것은 릴리의 귀가 그녀가 마음먹은 대로 움직인다는 점이었다.

"휴우, 그것도 재주라면 재주겠지만, 데이트에서 차이고 온 날이면……."

"날이면?"

"폴 나름대로 습관 같은 루틴이 있어."

"루틴? 뭐, 뭔데?"

"나더러 술을 사라고 해."

"술?"

"말도 마. 내가 온갖 주정을 다 들어……."

열불이 난 에릭이 말을 하다 말고 '아차!' 싶었던지 부팀장이란 사내의 눈치를 살피고는 슬며시 꼬리를 내렸다.

폴의 안색이 귀에서 연기가 뿜어질 정도로 벌겋게 물든 것을 봤기 때문이다.

"으이구, 내가 못살아."

퍽퍽퍽.

답답하다는 듯 제 가슴을 몇 번 치는 것으로 화풀이를 해 댄 에릭이 돌아섰다.

"야! 에릭, 말을 하다 말고 어디 가?"

후다다닥.

에릭이 떠난 자리로 폴이 득달같이 달려와서 섰다.

"릴리, 그 여자만 소개해 주면 원하는 걸 하나 들어줄게. 어때?"

"흥! 늦었어요."

릴리가 '발딱!' 일어나서는 종종걸음으로 에릭의 뒤를 따라갔다.

"릴리, 너 지금 피곤한 데다 무지 지루해하고 있지?"

"그야 당연하죠."

"우리 딜 하나 하자."

"딜요? 뭔 딜?"

"부팀장의 권한으로 네가 숙소에 가서 쉬는 걸 허락하지. 네가 늦게 합류한 탓에 쉬지도 못하고 계속 바빴잖아? 그러니 지금 많이 피곤할 거야. 그치?"

"그야 뭐……."

"좀 쉬게 해 줄 테니까, 내게 비결을 가르쳐 주는 걸로 빚을 없애는 걸로 하고."

안 그래도 피곤한 탓에 얼굴이 까칠해지는 걸 느끼고 있던 릴리는 그 말을 듣는 순간, 잠시 귀가 솔깃한 표정을 짓는다 싶었지만 이내 고개를 저었다.

"부팀장님은……."

"……?"

"백날 가르쳐 줘도 소용이 없을 것 같아요. 그리고 이런 식의 딜은 팀원들에게 밉상으로 찍힐 수 있다는 거 몰라요?"

"누가? 누가 감히! 응?"

또 콧김을 불어 내기 시작하는 폴이다.

"에이, 딜은 없었던 거로 해요."

"야, 릴리!"

돌아서는 릴리를 붙잡으려다가 갑작스럽게 다시 돌아선

그녀로 인해 엉거주춤한 자세가 된 폴이 움찔하며 손을 뒤로 감췄다.

"부팀장…… 어? 왜 그래요?"

"하하핫. 아, 아니야. 아무것도…….."

'푸훗! 순진하긴.'

이래서 팀원들이 미워할 수가 없는 사람이 폴이었다.

흔들리는 눈동자로 폴이 물었다.

"뭐 더 할 말 있어?"

"아무래도 말이죠."

"아무래도 뭐?"

"여긴 지옥유령에게 트릭으로 이용된 것 같은 기분이 들어서요."

"트릭?"

한담이 아닌 업무로 들어가자, 폴의 표정이 진중해졌다.

"네."

"그렇게 여기는 근거는? 혹시 란다?"

"아뇨. 란다는 소환도 하지 않은걸요."

"그럼?"

"감이에요."

"감이라. 여자의 직감 같은 건가?"

"어쩌면요."

"여자의 직감을 무시할 수 없긴 하지. 그래서 하고 싶은 말이 뭔데?"

"여긴 부팀장님과 베타급 팀원들만 남고 저와 에릭은 야스쿠니로 가 보는 게 어떨까 해서요."

"릴리, 거긴 인원이 충분해. 더구나 코란트 팀장이 계시는데 지시도 없이 자리를 비울⋯⋯."

릴리의 말에 폴이 고개를 저으며 대꾸하던 도중이었다.

"허엇!"

"왜, 왜 그래?"

"쉿!"

갑자기 헛바람을 불어 낸 릴리가 잽싸게 몸을 돌리더니 폴에게 조용히 하라는 신호를 보냈다.

"헛! 라, 란다⋯⋯."

마치 헛것이라도 본 듯 폴의 두 눈이 화등잔만 해졌다.

트렌치코트 차림인 릴리의 앞섶에 녹색의 여린 빛이 어리는 것을 본 것이다.

재빨리 주변을 살핀 폴이 자신의 큰 덩치로 릴리를 가렸다.

아직은 누구도 릴리의 정령에 대해 알아서는 안 되기 때문이다.

"어머!"

"무슨 일이야?"

"란다가 무지 떨고 있는 게 느껴져요."

"떨다니? 왜?"

"가만!"

란다와 교감을 나누는지 릴리가 눈을 감았다가 떴다.

"이유가 뭐야?"

"뭔지 모르지만 두려워서 떨고 있는 것 같은 느낌이에요."

"흠. 혹시 지옥유령이 다가오고 있는 걸 느껴서 그런 것 아닐까?"

"그럴지도요."

"애매한 대답이군."

"아직 완전히 친해진 건 아니거든요. 더구나 란다는 비바람에 특화된 하급 정령이라고요. 그보다 대비하고 있는 게 좋겠어요."

"그러고 보니 공기의 파동이 조금 이상해지고 있는 것 같긴 하다. 혹시 모르니 란다를 잘 간수해."

"네."

대번 표정이 굳어 버린 폴이 돌아서더니 손을 들어 팀원들에게 연방 수신호를 보냈다.

그렇지 않아도 은연중 이상해진 폴의 행동을 주시하고 있던 팀원들이라 수신호를 보는 즉시 움직임이 빨라졌다.

플루토 요원들의 행동을 본 아마테라스 요원들도 덩달아 긴장한 기색으로 요소요소에 숨어들었다.

때를 같이하여 '끼요오오오옷!' 하고 멀리서 귀신이 호곡하는 듯한 소리가 들려왔다.

"엉?"

"옴마!"

"헛! 뭐, 뭐야?"

"귀, 귀신이다!"

"어, 어디야?"

일시 뇌를 장악해 버리는 귀곡성에 에스퍼들마저 귀를 틀어막고 어쩔 줄 몰라 했다.

"갈—! 모두 정신 차려!"

"에릭, 혹시 모르니 앞에 서라."

"넵! 게일, 따라와."

"옛설!"

후다다닥.

철탑을 연상케 하는 체구의 에릭과 게일이 달려 나가 사쿠라다몬을 향해 나란히 버티고 섰다.

"부팀장님, 지금 활성화시켜요?"

"화, 활성화?"

"Iron Wall(철벽)은 시간이 좀 걸리는 특성이 있어서요."

"지금 그걸…… 잠시 기다려."

에릭을 대기시킨 폴이 릴리를 쳐다보았다.

"릴리, 란다의 반응은?"

"그냥 오들오들 떨고만 있어요."

"뭐 느껴지는 건 없고?"

릴리가 도리도리 고개를 저었다.

"젠장 할."

란다가 떠는 것은 두려움 때문일 것이다.

그 말은 곧 상대가 란다보다 훨씬 센 강적이란 뜻.

'대체 어떤 놈이기에?'

의문이 이는 순간 판단이 섰다.

폴이 덩치에 어울리지 않는 기민한 움직임을 보이기 시작했다.

"에릭, 계속 대기해!"

"옛설!"

"거스!"

"옛!"

"음파 통로가 어디야?"

"북쪽입니다!"

"정확한 진원지는?"

"20킬로미터 정도의 거립니다."

'북쪽 방향이면 코란트 팀장이 있는 곳인데…….'

짐작은 가지만 정확성을 기하기 위해 다시 물었다.

"어딘지는 모르고?"

"제가 일본 지리를 어떻게 알아요?"

"그럼 네 주특기를 발휘해서라도 알아내!"

"옛설!"

지시를 내린 폴이 다시 반 바퀴를 돌아 쇼조칸 앞에서 이쪽을 바라보고 있는 사내들 중 하나를 손짓하며 불렀다.

"헤이! 신타로 씨!"

"하잇!"

"여기서 북쪽으로 20킬로 지점에 뭐가 있습니까?"

"북쪽에서 동쪽으로 약간 치우치면 야스쿠니신사가 있습니다."

초능력자라서 그런지 신타로의 영어는 그런대로 들을 만했다.

아무튼 북동쪽이란 얘기.

'역시……'

짐작이 맞았다.

'이제 시작인가?'

"모두 전투준비 상태에서 대기!"

"옛설!"

"신타로 씨 팀원들도 준비하고 있는 게 좋겠습니다."

"하잇!"

신타로를 돌려보낸 폴이 북동쪽 방향으로 몸을 틀었다.

끼요오오오-!

뾰족한 괴성은 아직도 이어지고 있었다.

폴이 기마 자세를 취하고 양손 검지를 관자놀이에 갖다 댄 채 집중하고 있는 거스를 쳐다보자, '피유우우웅!' 하는 맑은 음향과 함께 거스의 정수리에서 여린 빛줄기가 허공으로 치솟았다.

이윽고 '팟!' 소리와 함께 꼬리를 물던 빛이 사라지더니 허공에 전등 같은 구체 하나가 남았다.

"사이킥 솔리드 안테나."

릴리의 입에서 나직한 탄성이 흘러나왔다.

"집중하게 조용!"

그 말이 끝남과 동시에 거스의 음성이 들려왔다.

"코란트 팀장과 에단의 목소리가 들립니다."

"어때, 위험한가?"

"다급합니다. 모두가 소란스럽습니다. 뜨거운 열기가 잡힙니다. 어, 어, 어……."

"……?"

"지옥유령이…… 잡혔다는 말이 들립니다."

"뭐? 다시 말해 봐!"

"지옥유령이 잡혔……. 크아악!"

별안간 거스가 두 귀를 붙잡고 나뒹굴었다.

그와 때를 같이하여 '뻐엉!' 하고 거대한 풍선이 터지는 폭발음이 새벽의 대지를 찢고 날아들었다.

허지만 폭발음은 뒷전, 거스의 안위부터 살펴야 했다.

"거스!"

폴이 황급히 다가가 거스를 안아 들었다. 기절했는지 반응이 없었다.

"이런! 코피가……."

코에서 살짝 내비칠 정도로 피가 맺혔다.

"릴리, 수건!"

"여기요."

"으으으……."

"거스! 거스, 정신 차려라!"

"란다, 도와줘!"

릴리의 다급한 음성에 순간 그녀의 앞섶에서 여린 녹색의 빛이 튀어나오더니 거스의 콧속으로 스며들었다.

주르르르.

잠깐 사이에 거스의 코와 귀에서 시커먼 피가 흘러나왔다.

"에릭! 산달! 아이언 월을 활성화시……."

턱!

막 지시를 내리려던 폴의 입을 막은 사람은 기절했던 거스였다.

"깨, 깼어?"

"포, 폴……."

"그래, 나 여깄어."

"끝났……어요."

"끝났다고?"

"예."

"거스, 뭐가 끝났단 말이에요?"

"폭발이 있었어. 그 때문에 내가 이렇게 된 거고."

"폭발이라면? 신사가 또 피격당했단 말이냐?"

"아뇨. 지옥유령인지 뭔지 모르지만 포획되자마자 자폭한 것 같아요."

처음과 끝을 잘라먹은 말이었지만 폴은 짐작할 수 있었다.

"폭발한 것으로 전부 끝났단 말이지?"

"예."

"팀장님은 어때?"

"폭발과 동시에 사이킥 맨틀(염동장막)이란 소리를 들었어요."

"그거면 방어로서는 차고도 넘치지."

물론 각자가 보유한 염력의 양에 따라 차등이 있겠지만 사이킥 맨틀은 근본적으로 막강한 방어력에 속한다.

"부팀장님, 지옥유령이 자폭했다면 이제 끝난 거예요?"

"자세한 거야 팀장님이 오시면 알 수 있겠지만……."

현장 상황을 모르는 상태에서 폴은 섣부른 결론을 낼 수가 없었다.

"오늘은 이쯤에서 끝난 것 같다."

"폴 씨, 동료분은 괜찮습니까?"

"아! 신타로 씨, 괜찮은 것 같습니다."

"다행이군요. 그런데 듣자니 지옥유령이 잡혔다고요?"

"그건 짐작일 뿐입니다. 코란트 팀장님을 만나서 확인을 해 봐야 합니다."

"방금 한 말씀이……."

"아, 지옥유령이란 말은 들었다고 합니다. 그렇지만 정말 지옥유령인지 아니면 다른 매개체인지는 확인해 봐야 합니다. 더구나 거긴 신사라 데몬(악령) 같은 악귀가 없으란 법이 없지 않겠습니까?"

"아, 니카타노온(지박령)!"

"예? 니카타……노온요?"

"지로이오잉호스터(지박령)를 말하는 겁니다."

"그렇군요. 하지만……."

말을 이으려던 폴이 입을 다물었다.

'지옥유령일 리가 없어.'

현장을 직접 목격한 것은 아니지만 누군가 지레짐작하고 소리쳤을 것이 분명하다.

그도 그럴 것이, 에스퍼들마다 뇌리에 지옥유령이란 용어로 꽉 차 있다 보니 작은 이상 현상에도 갖다 붙였을 것이 틀림없다.

이렇듯 폴이 확신을 못 하는 데는 또 이유가 있었다.

야스쿠니신사처럼 방대한 시설을 초토화시킨 존재라면 코란트 팀장이 아니라 그보다 더한 스페셜급의 에스퍼라도 상대하기 어려울 것이다.

고로 방금 전의 호곡성은 지옥유령이라기보다 제법 기가 드센 데몬의 것일 수도 있다. 그리고 생각하기 싫지만 더 무서운 미지의 존재가 보냈을 퍼밀리어일 가능성을 염두에 두지 않을 수 없었다.

그 증거는 폭발음에 있었다.

그것도 무려 20킬로미터나 떨어진 거리에서 들려온 폭발음이다.

고로 이게 한낱 퍼밀리어의 폭발음이라면 그 실체가 가늠이 안 되는 존재일 수 있다.

'이거 만만치 않겠는데.'

폴 자신이 느낄 정도라면 현장에 있는 코란트 팀장이야 더 심각한 심정일 것은 불을 보듯 빤했다.

'으음, 스페셜팀을 불러야 할지도 모르겠군.'

물론 아직은 이르다. 조금 더 겪어 보고 결정할 일이었다.

우우우웅.

"어쿠야!"

진동으로 해 두었던 휴대폰이 울리자, 폴이 놀라 펄쩍 뛰었다.

그만큼 폭발음이 폴을 긴장하게 만들었다는 얘기다.

모리구치구미

"저기 나온다!"

"드디어!"

"탐사원들이다! 카메라 준비해!"

우르르.

폐허가 된 야스쿠니신사를 빠져나오는 일단의 인물들 앞으로 기자들이 벌 떼같이 몰려들었다.

일단의 인물들은 방독면과 방진복으로 완전무장한 자들로, 탐사원으로 세간에 알려져 있었다.

"악! 스, 스또뿌!"

"토마레!"

몰려든 기자들이 마이크를 내던지듯 들이밀자, 경찰들이

온 힘에 다해 막아섰다.

"이러시면 안 됩니다!"

"밀지 마세요!"

"더 이상 접근하시면 곤란합니다!"

하지만 기자들이 어떤 사람들인가?

기삿거리라면 목숨도 아랑곳하지 않는 작자들이라 뭐라도 하나 건지고자 필사적이었다.

"JBN입니다. 방금 뭐가 폭발하는 소리가 들렸는데, 무슨 일이 있었던 겁니까?"

"NHK입니다. 야스쿠니신사가 사라진 것에 대한 원인이나 단서 같은 걸 찾았습니까?"

"마이니치입니다. 지옥유령의 정체가 뭐라고 생각하십니까?"

"산케이입니다. 검은 모래의 정체는 밝혀냈습니까?"

"요미우리입니다. 검은 모래가 독극물임이 확인됐습니까? 중독된 사람은 없는지요?"

참새처럼 질서도 없이 몰려와 짹짹대는 기자들이 성화였지만 경찰들이 온몸으로 바리케이드를 치고 있어 다가서지 못했다.

"내각정보조사실에서 CIA와 공동 수사를 하기로 했습니까?"

"책임자는 어디 소속입니까? 내각정보실? 공안위원회? 관방부?"

뒤따라오는 외국인 남녀를 보고 제멋대로 지껄이는 기자들이었다.

고로 기자들의 반응으로 보아 아마테라스나 플루토에 대한 정보는 얻지 못한 것 같았다.

가장 앞서 나오던 시미즈가 기자들이 극성스럽게 들이대자, 코란트에게 다가갔다.

"코란트 팀장님, 이대로는 기자들을 피해 빠져나가기 어렵겠습니다. 피곤하시겠지만 경찰들이 길을 열 때까지만 기다려 주시죠."

'쩝, 빨리 숙소로 갔으면 좋겠는데……'

몸이 땅속으로 꺼져 들어가는 기분일 정도로 피곤했지만, 명색이 팀장으로서 약한 모습을 보일 수 없어 억지로 버티는 중이었다.

기실 유령의 존재를 소멸시키는 데 적지 않은 힘을 쏟은 영향이 컸다.

'휴우, 어쩔 수 없지.'

"어차피 경찰의 도움을 받지 않으면 빠져나가기 어려우니 기다릴 수밖에요. 하지만 내가 보기엔 정보를 얻지 않는 한 쉽게 길을 열어 줄 것 같지 않소."

"밤새워 추위에 떨며 기다렸으니 그럴 만도 하지요. 아마호외판을 인쇄기에 집어넣고 기다릴지도 모릅니다. 그래서 말인데, 정 어렵다 싶으면 뭐라고 한마디 해 주는 게 어떨지요?"

미일합동조사반의 공식적인 리더는 아마테라스 소속의 시미즈였지만 내부적으로는 플루토 소속의 코란트였기에 의견을 구하는 것이다.

"글쎄요. 제게 그런 결정을 내릴 만한 권한은 없는 걸로 압니다만."

"아, 관방부의 지침에 따르면 가능한 한 미국 측의 의견을 많이 들은 후에 신중히 발표하라고 했습니다."

"어, 그렇소?"

"직접 지시받은 사안이니 틀림없습니다."

"시미즈 씨는 어떤 코멘트를 원하시오?"

"그 전에 알고 싶은 것이 있습니다."

"그게 뭐요?"

"플루트 측에서 판단하기로는 분명히 인간이 벌인 짓이라 보시는지요?"

"제 개인적인 견해를 말하라면, 자폭한 퍼밀리어가 매개체라는 전제하에 그렇다고 말하고 싶소."

"퍼밀리어의 종류도 모르는 상황인데 확신하는 겁니까?"

직접 본 일이 없는 시미즈로서는 당연한 의문이었다.

"물론이오. 하지만 증거물 확보가 어려워 지금은 뭘 말해도 믿지 않을 거요."

"캠코더를 가지고 있었던 걸로 아는데요?"

"후우, 그 부분에 대해서는 할 말이 없소. 워낙 창졸간에 일어난 일이고 또 미스 멜런이 다른 곳에 있었던 터라……."

그렇지 않아도 캠코더에 담지 못한 것을 두고두고 후회하는 코란트였다.

하필이면 그 시각에 캠코더를 가진 오드리 멜런이 다른 곳에서 조사를 하고 있었기 때문이다.

그렇다고 조사는 제쳐 둔 채, 증거를 잡는답시고 죄다 캠코더만 찍어 댈 수는 없는 일 아닌가?

"그건 저도 이해합니다. 한 가지 더 여쭤봐도 되겠습니까?"

"뭐든지요."

"혹시 플루토팀에 퍼밀리어 운용이 가능한 팀원이 있습니까? 아! 참고로 우리 아마테라스엔 퍼밀리어가 없는 대신 가디언이 스스로 택한 요원은 있습니다."

패부터 하나 내보이며 묻는 시미즈의 말에 코란트가 에단을 힐끗 쳐다보고는 대답했다.

"현재 와 있는 팀원들 중에 딱 두 명이 있소. 한데 역시 가디언이라오."

"퍼밀리어가 아니라고요?"

"아직은 밝혀진 게 거의 없어서 의문이 많긴 하지만, 현재까지 밝혀진 바에 의하면 퍼밀리어보다는 가디언에 가까운 걸로 결론이 났소."

"역시 퍼밀리어를 부리는 일은 어렵군요."

"시미즈 씨, 실망하기에는 아직 이르오."

"예?"

"상황의 추이를 봐 가면서 본국에 지원 요청을 할 수도 있소."

사실 짐작이긴 하지만 코란트는 조금 전에 본 개체가 본체라기보다는 퍼밀리어라고 확신했다.

당연히 데몬이나 지로이오잉호스터로는 여기지 않았다.

결론은 퍼밀리어의 등장이 코란트나 그 일행의 능력 밖의 상대라는 것.

퍼밀리어를 부리는 자와 가디언의 보호를 받는 자의 능력을 비교하면 가디언은 퍼밀리어에게 잽이 되지 않았다.

만약 대결을 한다면 기량 이전에 스텟이나 피지컬은 물론이거니와 특히 순발력에서 이미 승부가 났다고 봐야 한다.

코란트는 그것을 알고 있었기에 상부에 스페셜 요원을 지원해 줄 것을 요청해 놓았지만, 자존심을 생각해 일부러 입 밖에 내지 않았다.

"가디언의 주인들은 어디에 있습니까?"

"이곳에 한 명 고교에 한 명. 그러나 둘 다 막 비기너가 된 상태라 아직 뭔가를 기대하기는 이르오."

"흠, 안타깝군요."

살짝 아쉬워하는 시미즈의 눈치를 살핀 코란트가 물었다.

"근데 아마테라스는 어떤 종류의 가디언을 취했소? 아니, 어디서 인연이 됐던 거요?"

"아……하하핫."

"말하기 곤란하면 얘기하지 않아도 되오."

"아, 아니요. 저 역시 혼슈 남쪽 지방이란 것만 알고 있어서요."

시미즈도 접근할 수 없는 특급에 속하는 비밀이라는 뜻이다.

하기야 소문이 나기라도 한다면 개나 소나 전부 혼슈 남쪽으로 대이동을 하느라 북적거릴 것이다.

코란트가 고개를 끄덕끄덕했다.

"국가적 차원의 비밀은 지켜야 마땅하지요."

충분히 이해한다는 듯 고개를 주억거리며 미소를 지어 보이는 코란트에게 시미즈가 소곤대듯 말했다.

"가디언은 우리 나라 전통 요괴입니다."

"그렇소?"

"예. 몬스터 가브린인데 영국식으로는 고블린이라 하지요. 우린 카마이타치라고 합니다."

"카마이……타치?"

"예, 족제비의 일종인데 양팔이 낫으로 되어 있는 요괴지요."

"낮이 팔이라…… 상상이 잘 안 가는군. 이거 가만히 있을 수가 없군요."

받았으니 답례하는 건 대화의 기본이다.

"우린 요정인 지니Genie요."

"지니요?"

"그렇소."

"하면 아랍 신화에 나오는 램프의 요정?"

"비슷한 것 같지만 전혀 다르다오. 물론 아랍에서 인연이 된 건 맞소."

"아!"

"또 하나는 란다라고 하는 정령이오. 인도네시아의 발리에서 만났다고 하오."

"요정은 몰라도 정령은 유럽 쪽이 아닙니까?"

"상식적으로는 그렇게 알려졌지만, 유사 이래로 정령이란 자체가 진실로 밝혀진 적은 단 한 번도 없지 않소?"

"그렇긴 하지요. 그럼 란다의 주인은 어디……?"

"그녀는 지금 고교에 있다오. 나중에 소개해 드리리다."

"감사합니다, 후우."

"갑자기 웬 한숨이오?"

"우린 언제쯤 그런 수준에 이를지 아득해서 그럽니다."

"이제 겨우 걸음마를 벗어났는데 욕심이 과한 것 아니오?"

"저도 그게 욕심이라는 걸 왜 모르겠습니까? 하지만 지난

20년 동안의 끊임없는 노력에도 불구하고 이제 겨우 요괴 하나와 접점을 이룬 것이 전부이니 한심해서 그러지요."

"우린 70년이 걸렸다오."

플루토의 역사가 70년 이상이란 얘기.

"그리고 가디언의 존재는 수준이 아니라 친화력과 감응력이 전부지요."

"가디언도 수준이 어느 정도 이르러야 다가오지 않겠습니까?"

"거기까지는 나도 잘 모르겠소. 정론이 없는 이상 우린 친화력에 무게를 두고 있소만."

"흠, 참고해야겠군요."

"그래도 일본은 중국이나 한국에 비하면 엄청난 발전이잖소? 그 두 나라는 아예 에스퍼라고는 존재하지도 않으니 말이오. 아마테라스가 비관할 건 전혀 없다고 보오."

"그나마 위안이 되는 부분이라 잘 알고 있습니다. 그래서 말인데, 그 열매를 맺는 비결을 꼭 좀 알려 주시면 고맙겠습니다."

시미즈는 조금이라도 퍼밀리어와 가디언에 대한 비결 혹은 그에 관한 정보를 알아내려고 안간힘을 썼다.

"방법은 다 알고 있는 것 아니오?"

"정령을 불러들이는 순수영혼체의 존재를 말하는 것입니까?"

"그렇소. 물론 의지만으로 되는 일은 아니오. 순수영혼체가 존재한다고 해도 세상에 존재하는 자연체가 감응해야 이뤄질 문제이니 결코 쉽지 않은 일이긴 하오."

"후우, 자연체가 각양각색의 모습으로 존재하고 있음을 알고 있는 것만으로도 대단한 발견이긴 하지만, 순수한 영혼체면 능력이 없고 능력이 있다 싶으면 순수함과는 거리가 머니 어찌해야 할지……. 정녕 그 벽을 넘어서는 비결이 없습니까?"

코란트가 절레절레 고개를 저었다.

"플루토에서 수도 없이 연구해 왔지만, 결국 그 부분은 기술적 문제가 아니라는 판단이었소. 그러니 우리라고 뾰족한 수가 있겠소?"

"그렇군요."

표정을 보니 그냥 하는 말은 아닌 것 같아 시미즈도 결국 수긍하고 말았다.

"하면 기자들에게는 어디까지 말할 셈이오?"

"기자들을 이해시키려면 사이킥 파워에 대해 말해야 하는데……."

"그건 끝까지 밝히지 않는 게 좋소. 과학으로 증빙하거나 재현해 낼 수 없는 능력자들만의 세계를 어찌 설명할 수 있단 말이오?"

사실 대통령 혹은 극소수의 관계자나 또는 알음알음으로

알게 된 사람들 외에는 에스퍼, 즉 초능력자가 실재하고 있다는 것을 알지 못한다는 게 맞다.

설혹 안다고 하더라도 실체를 직접 보기 전에는 의혹을 품을 뿐, 거의 고개를 젓기 마련이다.

"하긴 밝히게 되면 여러모로 골치 아프겠지요."

만약 실체를 까발릴 경우, 일대 센세이션을 일으키고도 남을 것이다.

거기에 청년층에서는 마니아까지 생겨 아마테라스에 대해 파고 또 파고들어 실체를 밝히려 혈안이 될 것임에 틀림없다.

그렇게 되면 본연의 임무는 수행하기도 어렵고 수련에도 막대한 지장이 올 것이다.

거기다 각종 언론 매체에 시달리는 것은 덤이고.

'으으으.'

시미즈는 떠올리기만 해도 머리가 지끈거리고 몸이 푸르르 떨려 왔다.

"촉새 같은 기자들이 알게 되면 사회적 문제는 더 심각해질 것이고 정부 측에서도 입장이 난처하게 될 거요."

"그렇다면 고교의 결과를 보고 기자회견을 하겠다고 말하면 어떻습니까? 시일도 끌 겸 우리도 입장을 정리할 시간이 필요하지 않겠습니까?"

"그거 굿 아이디어요. 어차피 지금은 말할 만한 이슈거리도 없으니 어떡하든 시간을 끌어 보시오."

"그러지요. 잠시면 끝나니 기다려 주시겠습니까?"

"기다리는 거야 어렵지 않소만 퍼밀리어인지 데몬인지 그놈의 잔재를 찾는 데 집중하느라 팀원들이 무척 피곤해하고 있음을 기억해 주시오. 게다가 고교에 가 있는 팀원들 역시 3일 동안 쉬질 못했다는 걸 알지 않소?"

"알겠습니다."

무척 피곤해서 빨리 철수하고 싶다는 얘기로 알아들은 시미즈가 고개를 연방 주억거렸다.

경찰들과 실랑이를 벌이고 있는 기자들에게 다가간 시미즈가 방독면을 벗자, 석고상처럼 굳은 표정의 얼굴이 드러났다.

그와 동시에 수많은 마이크가 올챙이 떼처럼 쇄도해 왔다.

'끄응. 폴에게 전화를 해 줘야겠군.'

코란트는 아예 전원을 꺼 놨던 휴대폰을 켰다.

그와 때를 같이하여 일본 기자들 뒤에서 서성이고 있던 발보이가 스미스에게 물었다.

"스미스, 네가 아는 사람이 누구지?"

"전부 방독면과 방진복을 걸치고 있어서 누가 누군지 모르겠어. 참고로……."

"응? 뭐라고?"

"귀 대 봐."

발보이가 귀를 대자 스미스가 소곤거렸다.

"여자야."

"여자?"

"응. 원래는 프로파일러인데 사람의 미래를 귀신같이 맞히는 여자야."

"설마 오드리 멜런?"

"어! 단박에 아네?"

"이 친구야, 기자라면 샤먼 포제션이자 프로파일러인 그녀를 모를 리가 있나."

"그렇긴 한데 중요한 건 안면이 있느냐 없느냐겠지. 넌 어때?"

발보이가 굳은 표정으로 고개를 절레절레 저었다.

"전혀."

"크흠. 기다려 봐."

스미스가 방진복을 입은 탐사원들을 훑더니 호리호리한 체구를 지닌 자를 향해 격하게 손을 흔들어 주의를 끌었다.

심지어는 까치발까지 들고 펄쩍펄쩍 뛰자, 보람이 있었던지 마침내 눈이 마주쳤다.

이에 스미스가 양손을 마구 흔들어 대자, 상대편에서 손가락으로 원을 만들어 보였다.

"와우! 발보이, 됐어! 됐다고!"

"오! 그래?"

"오늘 저녁 식사는 네가 사야 돼. 거하게 3인분. 오케이?"
"콜!"

　일본 효고현 고베시.
　나다구에 위치한 혼마치의 골목으로 들어서면 모리구치구미의 총본부가 있다.
　모리구치구미의 행동대장인 이케다 쯔네가 암습당한 새벽의 골목은 승용차들로 빼곡했고, 기와지붕에 목재 대문으로 된 솟을대문 형식의 정문은 이미 활짝 열려 있었다.
　이제야 주위를 감쌌던 미명이 물러나고 차츰 사물이 눈에 들어오기 시작하고 있었다.
　활짝 열린 대문 안쪽으로 제법 넓은 뜰이 보였고, 좌우로 늘어선 사내들이 부동자세로 서 있는 모습이다.
　부동자세의 사내들은 몇 개의 전각을 돌고 돌아서도 계속 이어지다가 마침내 무릎을 꿇은 채 부복하고 있는 사내 앞에서 끝났다.
　위쪽 마루 끝에는 미닫이문이 반쯤 열려 있고, 상체를 비스듬히 튼 자세로 앉아 있는 중년의 사내가 보였다.
　흐트러진 유카타가 잠자리에서 막 깼음을 알게 해 주는 중년 사내의 얼굴은 좁은 미간에다 광대뼈가 불룩 튀어나오고 하관이 홀쭉했다.

한눈에도 지독스럽게 고집이 센 인물임을 단박에 알 수 있는 인상이다.

이 중년의 사내가 바로 모리구치구미의 당대, 즉 제6대 구미초인 데라지마 스스무였다.

파르르르.

무슨 말을 들은 끝인지 입술을 잘게 떨고 있는 데라지마는 폭풍이라도 잠재울 듯 불꽃같은 시선을 줄기줄기 뿜어내고 있었다.

하지만 적지 않은 연륜이 데라지마를 말리고 있는지 잠시의 시간이 지나자, 분노를 억제하고 차츰 차분해지는 기색이다.

다만 입술은 여전히 파르르 떨어 댔다.

그 입술이 마침내 열렸다.

"내 샤테이(의형제)인 야마나카 세이지가 죽었다고 했느냐?"

"핫! 대오야붕."

"이케다 쯔네는 바보가 됐고?"

"하이, 대……오야붕."

"열 명의 코친들 중 절반은 죽고 절반은 아직 인사불성이다? 내가 제대로 들었다면 이게 전부 사실이란 말이지?"

"하, 하이!"

"범인은 오리무중이고?"

"대오야붕, 지금 찾는 중입니다."

부복하고 있던 사내의 몸이 바닥으로 점점 가라앉았다.

"그건 당연한 거고……."

데라지마의 시선이 미닫이문 옆에서 무릎을 꿇고 있는 하얀 가운의 사내에게로 옮겨 갔다.

"하다, 졸레틸이라고 했는가?"

"하! 졸레틸이란 약물은 동물용 마취제입니다. 기본적으로 사람에게 써선 안 되는 약물이지요. 여기……."

스르르르.

하다가 앞에 둔, 거즈가 켜켜이 쌓인 나무 쟁반을 밀었다.

"보시다시피 졸레틸이 흥건한 거즈 뭉치가 야마나카의 코에 올려져 있었다고 합니다. 이 정도 양이라면 10분도 안 가서 사망에 이를 수 있습니다."

"자네에 갔을 때는 이미 가망이 없었나?"

"하, 하이."

"흠."

양 손가락으로 관자놀이를 지그시 누르던 데라지마가 다시 물었다.

"이케다는 왜 그렇지?"

"아, 뇌혈관 장애였습니다."

"그게 뇌출혈인가?"

"맞습니다."

"이케다에게 원래 그런 지병이 있었나?"

"아닙니다. 격투 중에 혈압이 상승됐던 게 원인일 수 있지만 이번 경우는 다릅니다. 후두부를 격타당한 게 직접적인 원인이었던 걸로 판명됩니다."

"회복은?"

"기적이 일어나지 않는 한 본래의 모습으로 돌아오기는 불가능합니다."

은근한 기대에 찬 데라지마의 물음에 하다가 고개까지 저어 가며 그 기대를 무산시켰다.

"끙. 살아남은 코친들은?"

"현재 입원 중이니 경과를 지켜봐야 압니다."

"으음. 계속 수고해 주게. 이만 가 보게."

"하이!"

손을 내젓는 것으로 하다를 물린 데라지마가 혼잣말로 중얼거렸다.

"야마나카를 죽인 데 이어 이케다까지 바보를 만들고 열명의 코친들까지 무력화시키다니, 그야말로 만부부당의 능력자가 아닌가?"

중얼거리던 데라지마의 시선이 이번에는 미닫이문 왼쪽에 앉아 있던 사내에게로 향했다.

"마사다케, 떠오르는 인물이 있나?"

"적어도 다섯 명은 됩니다."

"다섯 명이라."

데라지마가 조용히 고개를 끄덕거렸다.

"알 만하군. 하지만 그자들은 현장을 떠나 있지 않나?"

"오야붕, 그들이 야마부시山伏라고는 하지만 돈은 귀신도 부린다는 말이 있습니다."

야마부시는 일본인들이 산속에서 은거하고 있는 무사나 수련자를 부를 때 쓰는 말이다.

"흠, 그렇긴 하지."

고개를 계속 주억거리던 데라지마가 퍼뜩 떠오른 것이 있는지 급히 물었다.

"노디와 한조 중에 누가 개입되었을까?"

"정보 상인들의 일은 추측으로 알 수 있는 게 아무것도 없습니다. 설사 개입됐다는 것이 확인되더라도 그들을 찾아내기는 어렵습니다."

"알아. 골치 아픈 작자들이지."

"설혹 잡는다 한들 노디나 한조 본인이라도 하부 조직이 한 일을 알 수 있는 것도 아닙니다."

찾아내느라 애먼 힘만 쓰는 꼴이니 그들에게 관심을 끄란 얘기다.

"그랬으니 여태껏 살아남았지. 어쨌든 자넨 지금 이 시점에서 어찌했으면 좋겠나?"

"이번 사태는 대모리구치구미에 대한 명백한 도전입니다. 결코 좌시해서는 안 됩니다. 만약 해결하지 못한다면, 향후 개나 소나 다 넘겨다보는 빌미를 제공할 수도 있습니다."

"해결해야지. 계속해 보게."

"일단은 범인을 수배하라는 지시부터 내리는 게 우선인 것 같습니다. 그리고 스미요시카이나 이나가와카이를 제외한 모든 조직에 모리구치구미의 이름으로 협조를 구하십시오. 나머지는…… 이 조치를 취한 이후에 따로 말씀드리겠습니다."

"그게 좋겠군. 자넨 가능한 한 빠른 시간 안에 참모들을 집합시키도록 하게."

"이미 조치했습니다."

"흐흠."

잠시 말이 없던 데라지마의 기세가 돌연 서늘해졌다.

이어 데라지마의 입에서 서릿발 같은 말투가 튀어나왔다.

"다무라!"

"핫! 대오야붕."

데라지마가 하다와 말을 나누는 동안 조금은 이완되어 가던 다무라의 몸이 급격히 굳었다.

"지시를 내리겠다!"

"하잇!"

"놈을 잡든 못 잡든 배후를 밝히는 데 주력한다!"

"하, 하이!"

"나머지 열네 명의 샤테이들에게 이 사실을 알리고 협조를 받는다!"

"하잇!"

"도쿄 주변에서 하릴없이 얼쩡거리는 와카슈(젊은이)들까지 동원해 놈을 찾는 데 전력을 다한다!"

"하잇!"

"아울러 전 쿠미인(조직원)들에게 범인이 잡힐 때까지 1급 비상사태라고 통보한다!"

"하, 하잇!"

"그리고! 범인의 정체를 아는 쿠미인이나 준고세이인에게 3억 엔의 상금과 와카초 자리를 약속한다는 문서를 공식적으로 보내도록!"

"하잇!"

"공안위원회와 경시청의 도움을 받아 감시 카메라를 확보한다!"

"하이잇!"

"당장 실행하도록!"

"하이이잇!"

신주쿠에서

야마나카와 이케다 쯔네를 암습하는 임무를 완료한 담용은 이미 시부야를 벗어나 신주쿠의 번화가인 가부키초의 어느 골목에서 나오고 있었다.

사실 난데없이 나타났다고 해야 맞았다.

이유는 감시 카메라에 노출되면 모리구치구미에서 추적이 시작될 것을 예상하고 캡슐슈트를 온on시킨 상태에서 이동했다가 이제야 본모습을 드러낸 것이다.

곧 추적이 이뤄질 것이 빤했다.

그도 그럴 것이, 일본 최대의 폭력 조직인 모리구치구미의 간부와 행동대장, 그리고 열 명의 코친들이 죽거나 다쳤다.

모리구치구미의 자존심, 아니 자존감을 위해서라도 범인

을 끝까지 추적해 복수할 것임은 미루어 짐작할 수 있는 일이었다.

그걸 감안해 캡슐슈트를 생성한 상태에서 목적지를 정하지 않고 마구잡이로 헤매며 걷다 보니 북쪽 지역인 도쿄 최대 유흥가까지 와서야 모습을 드러낸 것이다.

담용은 모습을 드러내자마자, 휘황한 불빛에 눈부터 찡그려야 했다.

'헐! 눈이 어지러울 정도로 현란하군.'

아직 어둠이 채 가시지 않은 새벽이었지만 완전 대낮이나 마찬가지인 가부키초 거리였다.

그러나 광란 같은 열기가 식은 새벽녘이어선지 아니면 다른 이유인지 행인들은 띄엄띄엄 눈에 띄었다.

"큼, 대단하구나. 성인들의 놀이터라더니."

성인들의 놀이터라면 빤하다.

섹스, 노름, 알몸쇼 등이 공식적으로 허가된 지역이다.

듣고 본 풍월이 있는 탓에 대충은 예상했지만, 이건 생각했던 것보다 더 심했다.

그렇게 잠시 둘러보는 사이 담용의 옆을 종종걸음으로 지나치는 두 행인의 음성이 들려왔다.

"니미럴, 어제 조금 땄다 싶었는데, 오늘은 돈이 몽땅 나가 버렸어."

"난 너보다 더해. 생짜 돈이 나갔다고."

"나야 가끔 오는 곳이지만 자넨 매일이다시피 파친코만 해 대니까 그렇지. 다른 것도 해 보고 그래."

"그게 제일 익숙한 게임인 걸 어떡해?"

"그나저나 토요일인데도 너무 한산하군."

"야스쿠니가 사라진 일로 모두들 마음이 불안해서 그래."

"하긴 사실은 나도 오고 싶지 않았어. 자숙하고 있어야 하는데…… 본전 생각이 나서 어쩔 수 없이 온 거야."

"나 역시 매한가지다."

"그건 그렇고, 아까 화장실에 갔을 때 소방청에서 근무하는 동생한테서 문자가 와서 확인했는데 말이야."

"뭐래?"

"고교까지 당한다면 비상사태를 발령할지 모르니 외출을 자제하란다."

"비상사태라면 몇 등급인데?"

"그건 발령이 나 봐야 알겠지."

"지옥유령이 정말 올까?"

"예고까지 했으니 온다고 봐야지."

"젠장 할. 또다시 야스쿠니처럼 고교가 소멸될 때까지 방치하지는 않겠지?"

"야스쿠니야 어이없이 당한 거지. 이번에는 어림도 없을 걸. 육상자위대에서 장갑차와 탱크까지 동원해서 철통같이 방어하고 있다고 뉴스에 나왔잖아?"

"글쎄다. 야스쿠니를 통째로 사라지게 한 걸 보면 방비하기 만만치 않을 거라는 얘기도 있어."

"그나저나 언제 올까?"

"기일을 정해 놓은 것이 아니잖아?"

"하긴 그러네. 이러다가 관심이 식으면 그때 오는 건 아닐까?"

"아, 몰라. 도대체 요 며칠 왜 이리 뒤숭숭한 거야? 괜히 마음도 불안하고."

"야스쿠니 때문에 그래."

"그거 알아?"

"뭘?"

"정부에서는 야스쿠니신사가 사라진 날을 '통석의 날'로 정할 것이란 소식 말이야."

"듣기는 했어. 뭐, 황국신사가 사라졌으니 그럴 만도 하잖아?"

"그만큼 너 나 할 것 없이 정신적 충격이 엄청나다는 걸 보여 주는 거겠지."

"그나저나 이제 영세부봉안전까지 사라졌으니, 야스쿠니에서의 참배는 글렀고……."

"그러게. 신사 중에 가장 경건한 곳이라 자주 찾았는데……."

"아마 복원하기는 어려울걸."

바인더북

"그럴 거야. 설사 복원한다 해도 영령들의 명부가 전부 사라진 판국에 뭐로 대체하겠어?"

"에효. 신사는 많은데 딱히 내키는 곳이 없으니 앞으로 어찌해야 되나?"

"난 야네센의 네즈 신사로 갈 작정이야."

"거긴 처녀 신을 모신 곳이잖아?"

"아무려면 어때? 고즈넉한 곳이라 와이프랑 같이 가면 좋을걸."

"듣고 보니 소풍 삼아 가 볼 만한 곳이잖아? 멀지도 않고."

"쿠쿡. 기왕 말이 나온 김에 내일 가는 건 어때?"

"내일?"

"휴무라고 파친코에 틀어박히거나 방구석에서 뒹구는 것보다 훨 낫지."

"좋아! 히메가 좋아하겠어."

"하하핫. 우리 사치코도 매한가지지."

"와! 진짜 대단하네."

신주쿠는 한마디로 화려한 네온사인으로 둘러싸인 유흥가였다.

다만 새벽이라 사람들로 북새통을 이룬 모습은 찾아볼 수 없다는 게 아쉬웠다.

"사람만 바글거리면 명성에 걸맞겠는걸."

모모에게 듣던 대로 신주쿠 북부는 그 유명한 가부키초와 수많은 음식점, 술집, 쇼핑 상점들이 죄다 몰려 있는 것 같았다.

최근 유흥가가 긴자에서 가부키초로 옮겨 가고 있다는 말이 거짓은 아님을 그대로 보여 주고 있었다.

욱신!

'아놔, 얼마나 대차게 엉덩방아를 찧었으면 아직까지도 엉덩이가 얼얼하네.'

정말 오지게도 찧은 엉덩이를 주무르며 담용이 인상을 썼다.

─조심하라고 했잖아?

'마! 그게 그런 뜻인지 미리 알려 줬어야지.'

대처할 시간도 없이 불시에 알려 줘 놓고선 말이다.

─일러 줄 여유가 없었다고.

'아무튼! 탈출하느라 긴한 얘기를 못 했으니 마저 해 보자.'

담용이 가부키초라고 쓰여 있는 아치형의 간판 아래에 아무렇게나 나뒹구는 의자 하나를 가져다가 털썩 주저앉았다.

여유가 있다면 본격적으로 얘기하고 싶은 게 많았지만 지금은 급한 대로 알아야 할 게 있었다.

　바로 앱설루트의 경지에 이른 후의 나디와 프라나의 변화에 대한 것이었다.

　그걸 알아야 긴한 용도로 써먹든 말든 할 것 아닌가?

　'그러니까 야스쿠니로 보냈던 S1이 자폭하는 바람에 내가 균형을 잃고 미끄러졌다는 거지?'

　-맞아. 비록 64분의 1이지만 근원의 힘의 균형이 틀어진 탓이지.

　'아무튼 좋아. 네 분신 하나를 잃었는데 충격이 그것밖에 안 된다고?'

　-그럼 엉덩이가 아니라 뒤통수가 깨졌어야 하나?

　말투가 굉장히 고까워하는 투였다.

　'어쭈, 지금 반항하는 거지?'

　-몸 된 주인에게 반항을 왜 해? 있는 그대로 얘기하는 거지.

　'그럼 말버릇이 왜 그따윈데?'

　-정상적인 걸 가지고 충격이 약했다고 하니까 그러지.

　'뭐, 좋다. 분신 하나를 잃은 것치고는 대미지가 약하다는 게 이상하긴 하지만 나쁘다고 할 수는 없지.'

　-안심하긴 일러.

　'그게 뭔 뜻이야?'

　-분신을 잃을 때마다 두 배씩 대미지가 오니까.

'어, 그래?'

—두 개를 잃을 경우 고통은 네 배가 되니 그땐 뇌진탕이 올 수도 있어.

이게 끔찍한 소릴 아무렇지도 않게 지껄이고 있다.

'크흠, 곱하기 2로 계산하면 되냐?'

—똑똑하네.

'썩을 놈.'

이빨을 꽉 깨물었다.

참자. 참자. 참자.

'그거…… 아까처럼 예고도 없이 오는 거냐?'

—그건 아냐.

'아까는 전혀 기미를 못 느꼈는데?'

—처음이라 그래. 몇 번 당하다 보면 어느 정도 느낄 수 있어.

'뭐야, 당해야만 기미를 알 수 있다는 거잖아?'

—자주 당하다 보면 그냥 알게 돼.

그걸 말이라고…….

'젠장.'

—그뿐이 아니야. 회복하는 데도 두 배의 노력을 요구한다고.

그거야 당연한 일일 테고.

—몸 된 주인, 팁 한 가지 알려 줄까?

'응.'

―몸에 익지 않은 상태에서는 분신을 여섯 개 잃는다 싶으면 그냥 도망쳐.

'쉰여덟 개나 남았는데?'

―남은 숫자가 문제가 아냐.

'자세히 말해 봐.'

―첫 번째가 잽이라면 두 번째는 스트레이트를 맞은 기분일 거야. 세 번째는 스트레이트를 연타로 맞는 기분이고, 네 번째는 훅에 관자놀이를, 다섯 번째는 어퍼컷에 턱주가리를, 여섯 번째는 보디블로를 연타로 당한 기분이 들 거야. 그러니 어찌 견디겠어. 그 자리에서 녹다운되어 죽거나 사로잡히기보다 그냥 줄행랑 놓는 게 낫지 않겠어?

듣고 보니 끔찍하긴 한데 말로만 들어서는 실감이 안 갔다.

그렇다고 일부러 실험해 볼 수도 없고.

'알았다. 그런 일이 생기면 충고대로 하지.'

―웬일이래? 따지고 들지 않고?

'마! 나도 옳은 말은 들어.'

사실 따져 묻고 싶었지만 더 궁금한 게 있어서 참았다.

'프라나, 뭐 하나 물어보자.'

―뭔데?

'S1이 왜 물러나지 않고 자폭한 거지?'

-몸 된 주인을 노출시키지 않기 위해서야.

얼라, 그건 또 뭔 귀신 씻나락 까먹는 소리래?

'마! 그냥 물러나면 되지 왜 자폭했냐니까?'

-이번 경우는 상대가 강해서 어쩔 수 없었거나 포위돼서 빠져나올 수 없었거나 둘 중 하나야.

'엉?'

-프라나의 분신은 그리 강한 존재가 아니라고.

'전투에 약하다는 건가?'

-그렇지. 다만 몸 된 주인과 함께할 때는 엄청 강해지지.

음, 그건 알겠다.

강해진다는 게 가드 코트(호신강기)나 가드 포스(강기) 같은 무력을 말하는 것임을.

'스스로는 강해질 수가 없단 얘긴가?'

-천만에. 몸 된 주인에 의해 분신이 차크라 큐브로 변환되면 확 달라지지.

'맞다, 차크라 큐브.'

이를테면 이렇다.

야스쿠니로 보낸 S1의 경우, 프라나의 64개 분신 중 하나로 그냥 정찰용 퍼밀리어일 뿐이다.

S1이 차크라 큐브가 되기 위해서는 담용이 분신에다 사이킥 파워를 심어야 그 파괴력이 생성되는 것이다.

즉, 프라나의 분신인 S1이 팥 없는 찐빵이라면, 사이킥 파워가 심어진 S1은 팥이 든 찐빵인 것이다.

'프라나, 말 나온 김에 그거 한번 시도해 보자.'

─여기서?

'왜, 곤란해?'

─그게…… 사람들이 너무 많아서 그래.

'뭐? 사람들 눈에 보인다고?'

─홀로그램같이 투명한 자취가 드러나는 정도이긴 하지만 그래도 눈에 띌걸. 특히 밤에는 더 잘 보일 거야.

'괜찮아, 괜찮아.'

─안 돼. 몸 된 주인의 눈에는 안 보이지만 내 감각에는 지켜보는 시선들이 느껴져. 적어도 수십 명이라고.

"아!"

담용은 자신이 새벽이라는 시각에 너무 몰두해 있었음을 자각하고는 얕은 탄성을 뱉어 냈다.

'맞아, 여기가 신주쿠 중심가였지.'

하루에 유동 인구만 해도 대략 4백만 명에 이를 정도로 하루 종일 북적이는 곳이 바로 신주쿠역이다.

심지어는 신주쿠역 출구만 해도 2백여 개에 달하니 그 규모가 어떤지 상상이 가지 않는가?

우리가 자주 깜빡하는 것은 일본의 인구가 남한 인구의 거의 두 배 반인 1억 3천만 명에 이른다는 점이다.

고로 새벽이라고 해서 한낮과 전혀 다르지 않은 곳이 신주쿠였다.

한데 프라나의 의념이 씨가 됐는지 때마침, 사거리 코너로 걸어오는 담용을 유심히 쳐다보는 시선들이 있었다.

주시하는 눈들의 면면은 마치 '나 조폭이오.' 하고 티를 팍팍 내기라도 하듯 하나같이 깍두기 머리를 하고 있었다.

그러나 담용을 주시하고만 있을 뿐, 두목급인 깍두기 머리들은 근처의 건물들을 수시로 드나들면서 서로 몇 마디 하고는 곧장 사라졌다가 또다시 나타나기를 반복하는 수하들의 행동에 집중하고 있는 모습이었다.

이런 깍두기들의 행동을 진즉부터 알고 있던 프라나가 아직까지도 인지하지 못하고 얼얼한 엉덩이의 통증에 신경 쓰고 있는 담용에게 의념을 전해 왔다.

-몸 된 주인, 우리 잘못 온 것 같다.

'왜? 네 녀석이 이곳으로 안내했잖아.'

-그거야 캡슐슈트를 숙련시키느라 그런 거지. 암튼 여긴 누가 가부키초 아니랄까 봐 조폭 같은 놈들이 엄청 많이 깔려 있어.

'어, 어디?'

조폭이란 말에 담용은 찔리는 것이 있어 얼른 주변을 살폈다.

그새 모리구치구미의 추적이 시작된 건가 하는 마음이 앞서서였다.

-골목마다 진을 치고 있는 거 안 보여?

'깍두기들이 왜 저리 많아? 혹시……?'

그것도 살벌한 분위기다.

-뭐 아는 것 있어?

'날 찾고 있는 것 같지 않냐?'

-글쎄. 하긴 몸 된 주인이 못된 짓을 많이 하긴 했지.

'씨불 넘이 뭔 말 같잖은 소리를?'

-누굴 찾고 있는 건 확실한 것 같다. 그게 몸 된 주인인지는 알 수 없지만.

'혹시 모리구치구미가 이나가와카이 지역을 접수하려고 싸움을 걸어온 것 때문이 아닐까?'

차라리 이게 더 신빙성이 있었다.

모리구치구미로서는 자기네 구역이 아닌 곳에서 저토록 많은 인원을 동원하기 어렵다는 것을 감안하면 말이 된다.

-여긴 어떤 놈이 차지하고 있지?

입담이 점점 걸쭉해지는 게 영 마음에 안 든다.

'아마 롯폰기에 근거지를 둔 이나가와카이 구역일걸.'

-확실히 누굴 찾아다니는 것 같다. 피할까?

'내가 왜?'

-두 명씩 조를 짜서 건물들을 빠르게 드나들고 있어. 그런 인원들이 엄청 많다고. 괜히 시비에 휘말릴 필요는 없잖아?

'그럴까.'

원칙대로라면 프라나의 충고대로 하는 게 맞다.

─자꾸 몸 된 주인을 힐끔힐끔 쳐다보면서 저희들끼리 소곤대고 있어.

'누가?'

─누구긴, 조폭 놈들이지.

'진짜?'

되묻지만 살짝 찔리는 담용이다.

일본에 와서 워낙에 지은 죄(?)가 많아서다.

─뭐라고 하는지 분신을 보내 볼까?

'그래.'

말이 떨어지자 무섭게 몸을 이루고 있는 영양 성분 하나가 빠져나가는 느낌이 들었다.

'여지 없구만.'

허락만 떨어지면 얼싸 좋다면서 차크라를 무진장 갖다 쓰는 프라나다.

─중계방송해 줄까?

'그래 주면 좋지.'

─일단 몽타주부터 봐.

'웬 몽타주?'

순간, 담용만 볼 수 있는 홀로그램이 나타났다.

'얼라? 이건…….'

단박에 누군지 감이 왔다.

–왕원샹이지.

'쩝. 그, 그러네.'

몽타주는 담용이 일본에 입국할 때 변장했던 왕원샹의 모습 그대로였다.

각기 세 방향에서 찍힌 전신사진으로, 감시 카메라에 찍혀서 그런지 피사체가 약간 높긴 했지만 틀림없는 왕원샹이었다.

–결국 몸 된 주인을 찾는 거네, 뭐.

놈들의 손에 왕원샹의 몽타주가 있다는 건 단 한 가지 이유밖에 없다.

'히젠토 때문이군.'

–와! 끈질기네. 꼴랑 칼 하나 때문에 여태 찾아다니고 있었다니 대단하다, 정말.

'마! 히젠토는 극진흑룡회를 상징하는 신물이나 마찬가지기 때문이라고.'

오오사카에 본부를 둔 극진흑룡회라면 야쿠자의 원조 격인 조직이라 할 수 있었다.

고로 각 지역의 야쿠자 조직에 협조를 구할 자격이 있다고 보면 맞다.

–근데 어째서 몸 된 주인을 지목한 거지? 칠칠치 못하게 뭐 흘리고 다닌 거 있어?

이 자슥이 칠칠치 못하다니!

마음이 유순해졌다가도 그런 소리를 들을 때마다 혼내 줘야겠다는 마음이 도로 생긴다.

그래도 참는 것은 프라나가 아직까지 말이 서투르다는 게 이유였다.

담용은 기억을 되짚어 보았다.

놈들이 의심을 했다면 아마 후쿠오카의 쿠시다 신사에서부터일 확률이 컸다.

왜? 거기서 무녀에게 히젠토의 행방에 대해 물었으니까.

담용이 방문했을 때, 하필이면 그날이 히젠토의 주인인 '토오 가츠아키'와 '이주회'의 기일이었다는 것.

담 너머 슬쩍 보던 담용에게 들킨 것이 비극(?)의 시발점이라고 보면 맞다.

담용이 차마 밖으로 내보이지 못하고 지하실에 보관해 둔 히젠토를 슬쩍해 왔기 때문이었다.

지금도 나디가 고이 가지고 있다.

그 이후, 왕원샹의 모습으로 후쿠오카를 출발해 도쿄에 왔으니 놈들도 그 길을 고스란히 따라온 것이다.

그리고 왕원샹이 어디 있는지 알 수 없어 저렇듯 저인망식으로 훑는 것일 테고.

―그럼 쟤들은 극진흑룡회이거나 그들의 사주를 받은 카이의 야쿠자들이란 소리네.

'헐, 그럼 이나가와카이잖아?'

－동맹을 맺은 스미요시카이도 있겠지.

저렇게 인원이 많다는 것은 준고세이인들까지 죄다 동원했음을 뜻했다.

준고세이인이란 정식 조직원이 아닌, 즉 아직 사카즈키 의식을 치르지 않고 조직원으로 받아들일 수 있는지 간 보는 단계의 아이들을 말한다.

'나 참. 이럴 수도 있나?'

담용이 어이없어하는 점은 모모가 담용에게 한 의뢰가 이나가와카이와 스미요시카이의 공동 작품이었기 때문이다.

그런데 의뢰를 훌륭하게 수행해 낸 담용을 잡느라 애를 쓰고 다녔다니, 아니 같은 편을 잡느라 혈안이 되어 있다니 이만한 아이러니도 없을 것이다.

하기야 범인이 누군지 모르는 상태라면 얼마든지 있을 수 있는 일이었다.

－조장님, 저놈 눈에 익은 것 같지 않습니까?

－안 그래도 나 역시 수상하게 여기는 중이다.

수하에게 조장이라 불린 사내는 극진흑룡회의 행동책인 엔도였다.

후쿠오카의 구시다 신사에 있던 엔도가 도쿄까지 날아온 것은 전부 사라진 히젠토의 행방을 찾아서였다.

－몽타주의 체구와 비슷하지요?

-아니, 내 눈에는 똑같아 보인다.

거기까지 들은 담용이 아차 싶어 얼굴을 조금 뒤틀어 변용시켰다.

지금은 캡슐슈트가 풀려 본모습으로 돌아왔기 때문이다.

'프라나, 애들 내보내서 근처의 감시 카메라부터 전부 무용지물로 만들어.'

-오키, 이럴 줄 알고 래커 스프레이를 남겨 뒀지. 둘만 내보낼게.

'아, 구경꾼들이 사진 찍지 못하게 해.'

-알았어.

'계속 중계해.'

-놈이 변장했을 수도 있습니다.

-맞아. 저렇게 똑같은 체구도 드물 것이다.

-그동안 우리가 너무 얼굴에만 집착해서 찾은 것이 실수였던 것 같습니다.

-몽타주를 워낙 많이 봐서 이젠 눈 감고도 알 수 있다.

-확률이 높다는 말씀입니까?

-오잇, 이번에는 촉이 좋다. 슬쩍 말을 붙여 보면 총인지 창코로인지 알 수 있을 거다.

-아, 그거 좋은 방법입니다.

-누가 가겠나?

-조장님, 제가 가겠습니다.

-코지, 허락한다.

-미나미, 나를 따라와라.

-하잇!

-유키, 따라가서 돕도록.

-하이.

-고다마를 죽인 놈이라면 위험할 수 있으니 애들 전부 데려가!

-하이! 지로, 쿠보다. 따라와.

-하잇! 어이, 기요노리.

-하, 하잇!

투다다다.

유키의 뒤를 따르던 지로가 부르자, 한편에서 경호하듯 서성거리고 있던 사내가 득달같이 달려와 부동자세로 섰다.

-네 밑에 애들 몇 명이냐?

-저까지 30명입니다.

-좋아. 애들한테 널찍하게 둘러싸라고 해라.

-포위하란 말입니까?

-그래. 만약 놈이 도주하면 기절시켜서라도 무조건 막아!

-칼을 써도 됩니까?

-칼?

-멀리서 포위하기엔 인원이 너무 적은 것 같아서요.

기요노리의 말에 지로가 조장이란 사내를 쳐다보았다.

─놈에게 들어야 할 말이 있으니까 죽지 않을 만큼만 조져.

아예 범인임을 확신하고 내뱉는 말 같다.

아니면 찾다가 지쳐 누구라도 붙잡고 범인으로 몰아가고 싶은 심정에 내뱉은 말일 수도 있었다.

─들었지?

─하이, 믿어 주십시오.

─좋다. 마음에 들면 야마카와 님께 추천하겠다.

"하! 감사합니다!"

야마카와 호지는 스미요시카이의 대오야붕이었다. 준고세이인인 기요노리에겐 추천이란 말 한마디가 천군만마나 다름없어, 없던 용기도 생길 판이었다.

"수고하도록."

"하잇!"

힘차게 대답한 기요노리가 수하들을 이끌고 씩씩하게 자리를 벗어나더니 곧 담용이 있는 곳을 중심으로 빙 둘러쌌다.

신주쿠에서의 활극

'아놔, 피라미들까지 날 열 받게 하네.'

─몸 된 주인, 흉은 뭐고 창코로는 뭐야?

'짜슥이 별게 다 궁금하네.'

그래도 설명해 줘야 조금이라도 더 살갑게 구는 놈이라 담용은 귀찮음을 무릅썼다.

또한 궁금증을 참지 못한 프라나가 방심한 틈을 타 전두엽을 헤집기라도 하면 자존심이 팍 상할 테니까.

'흉은 한국인들을 비하하는 말이고 창코로는 중국인들을 비하하는 말이다. 나라마다 감정이 생겼을 때 쓰는 말이지.'

─몸 된 주인에게 흉이라고 하면…….

'죽을래?'

-아니. 어! 쟤들 온다.

프라나가 피하길 권한다.

'겁쟁이 같으니.'

-뭐? 프라나 겁쟁이 아니다.

'깡패가 두려워서 피하는 건 내 성미에 안 맞는다.'

-저놈들은 똥이야. 더러워서 피하는 거라고.

'됐어. 오랜만에 몸 좀 풀지, 뭐.'

-조금 전에 싸우고 왔잖아?

'그건 기습한 거라 재미가 없었어.'

-사나운 개 콧등 성할 날 없다는 말이 있다.

'내 콧등은 매끈해, 나디!'

울렁.

'동전 좀 내놔 봐.'

울렁울렁.

쩔렁.

1백 엔과 5백 엔짜리 동전이 손아귀에 가득 쥐었다.

혹시 몰라서 준비해 놓은 동전이었다.

알다시피 나디는 담용의 인벤토리, 즉 아이템 가방이나 마찬가지라 원하면 척척 안겨 주는 귀요미로 없어서는 안 될 귀한 존재였다.

그래서 늘 프라나의 협박 상대로 써먹는 것이다.

―프라나, 너 없어도 나디만으로 충분해.

이 말 한마디면 깨갱 하는 프라나다.

'거지 깽깽이 같은 놈들에게 5백 엔짜리 동전을 쓰는 것은 너무 과하지.'

제아무리 고고한 척 멋을 부려도 깡패는 깡패일 뿐이다.

깡패란 인성은 고사하고 양심은커녕 세상에 무서울 것 없이 나대는 작자들이다.

그러니 무슨 일을 하든 제 맘대로이며 수단과 방법을 가리지 않고 나대는 것이 전매특허나 다름없는 놈들이다.

강자에게는 약하고 약자에게는 한없이 잔인하게 구는, 한마디로 인생 쓰레기들이다.

단돈 1백 엔도 아까웠지만 그래도 암기로 사용하려면 어느 정도 무게감이 있어야 했기에 어쩔 수 없다.

'나디, 5백 엔짜리는 넣어 둬. 1백 엔짜리는 필요할 때마다 쥐여 주고.'

우울렁.

담용에게서 5미터 정도의 거리까지 다가온 코지가 양다리를 벌리고 서서는 검지를 내밀었다.

"어이, 거기!"

"나?"

"그래, 거기."

"내게 볼일이 있나?"

"저 자식이 감히 누구에게 말을 함부로……."

담용의 한마디에 대뜸 흥분한 떡대, 즉 미나미가 콧김을 숭숭 불어 냈다.

"어허, 기다려."

건방을 떨며 대답하는 담용의 태도에 발끈한 미나미가 나서려는 것을 말리며 코지가 말을 이었다.

"이름이 뭐냐?"

"네 녀석이 뭔데 다짜고짜 길을 막고 이름을 물어?"

"경고한다. 여기서 곱게 나가고 싶으면 고분고분 답하는 게 좋을 거다. 다시 묻는다. 어디 사는 누군지 말해!"

"미친놈. 네놈이야말로 어디 한 군데 부러지기 전에 길 트는 게 신상에 이로울 거다."

"풋! 프흐흐흐."

코지가 허공에 대고 헛웃음을 날렸다. 같잖은 게 덤빈다는 표정이 역력했다

"저, 저 새끼가! 조장, 나 말리지 마십시오."

"미나미! 잠깐 기다……."

코지의 손길을 뿌리친 미나미가 불도그처럼 달려와 담용의 지척에 다다랐다.

이어 유도의 잡기 자세로 담용의 품으로 빠르게 쇄도해 왔다.

'프라나, 뭐 없을까?'

-헤비 바디Heavy Body.

'오, 그거 괜찮다.'

순간, 몸무게의 추가 하체로 쏠리는 느낌과 동시에 전신이 쇠말뚝처럼 꼿꼿해지는 감각이 전해졌다.

"빙신."

누가 '나 잡으쇼.' 하고 가만히 서 있을 자가 있을까만 담용은 헤비 바디를 믿고 그대로 멱살을 잡혀 줬다.

턱!

"으라라앗!"

잽싸게 엉덩이까지 깊숙이 집어넣은 미나미가 힘차게 메다꽂기라도 하듯 기합을 지르며 엎어치기 한판 자세를 취했다.

그러나 당연히 풍차 돌리듯 바닥에 패대기쳐져야 할 상대가 꿈쩍도 하지 않는 것이 아닌가?

"엉?"

"힘을 더 써 봐."

"이익!"

젖 먹던 힘까지 동원해 한껏 용을 써 대는지 너부데데한 얼굴이 금세 홍시처럼 붉어지고, 관자놀이의 핏대는 도드라지도록 볼록 솟았다.

그럼에도 불구하고 상대는 마치 깊이 박힌 쇠말뚝처럼 움직일 생각을 하지 않았다.

"으아아아!"

마지막 발악을 하듯 일시에 힘을 폭발시켜 보지만 공연히 힘만 낭비한 미나미는 금세 지쳐 헉헉댔다.

'허억! 헉! 헉!'

"쯧! 덩치는 산만 한 놈이 그렇게 힘을 쓰지 못해서야 어디 밥 빌어먹고 살겠냐?"

"빠가……야로!"

악을 써 대면서 계속 용을 써 보지만 담용은 미동도 하지 않았다.

"미친놈. 이만 쉬어라."

퍽!

"꾸엑!"

털썩!

담용이 번개같이 목덜미를 가격하자, 미나미가 돼지 멱따는 소리를 내며 엎어졌다.

"앗! 미나미!"

담용과 미나미가 힘 겨루는 모습을 지켜보고 있던 유키가 새된 소리를 냈다.

이어 득달같이 달려들며 소리쳤다.

"지로, 쿠보다! 보통 놈이 아니다! 쇠몽둥이로 합격해!"

"하잇!"

"죽여 버려!"

"오냐. 기다리던 바다."

30cm 길이의 둥근 쇠막대기를 든 세 사람이 한꺼번에 짓쳐 들었다.

'훗!'

삐죽 웃음을 흘린 담용은 피하기는커녕 미끄러지듯 맞부딪쳐 가며 의념을 전했다.

'프라나, 가드 코트와 가드 포스.'

-오키.

스으윽.

바닥을 두어 번 내딛는 것으로 격돌에 들어간 담용이 먼저 유키의 쇠막대기가 '붕!' 소리를 내며 날아들자 고개만 살짝 비틀어 피했다.

쇄액!

아슬아슬하게 뺨을 스쳐 간 쇠막대기의 여운이 채 가시기도 전에 헛방을 날리고 빈틈을 보인 유키의 턱주가리를 향해 강력한 레프트 어퍼컷을 날렸다.

빠각!

유키의 턱이 부서지는 감촉이 주먹을 타고 전해졌다.

"커컥!"

주먹과 쇠막대기를 동시에 뻗었지만 의외로 대미지가 자신의 안면에 먼저 작렬하자, 유키는 숨넘어가는 신음을 흘려

냈다.

담용의 주먹에 흔들린 쇠막대기는 당연히 허공에서 허우적거리고, 그러는 사이 2타, 3타가 연거푸 들어왔다.

픽! 퍼억!

좌우 양 훅에 유키는 두 팔을 엇갈려 상체를 보호해 봤지만 임계치가 넘는 타격 강도에 눈이 허옇게 뒤집혔다.

여태껏 경험하지 못한 몸 상태를 뇌가 미처 인식하지 못한 현상이다.

"끄으윽."

다리가 풀린 유키가 목구멍으로 혀가 밀려 들어가는 신음을 흘리더니 뒤로 천천히 넘어갔다.

담용은 여유가 없었다. 곧바로 코앞에 일도양단의 기세로 협공해 온 지로의 쇠막대기가 들이닥쳤다.

때를 같이하여 '쐐액!' 하는 파공음이 들리면서 옆구리로 쿠보다의 쇠막대기까지 가격해 왔다.

'젠장 할.'

생각지도 못했던 합격술에 담용은 가드 코트를 믿고 옆구리 쪽은 내주기로 했다.

어쩔 수 없는 일이었지만 불안감은 없었다.

떵!

지로의 쇠막대기를 왼팔로 비껴 막은 즉시 담용의 오른 주먹이 '아구창'을 날려 버렸다.

감촉은 유키의 턱이 깨지고 입안이 해진 넝마처럼 너덜너덜해졌음을 알려 왔다.

"크악!"

텅!

지로의 비명과 옆구리의 강타음이 동시에 터져 나왔다.

두 손이 네 손을 당할 수 없다는 진리는 담용에게도 예외는 아니어서 쿠보다의 쇠막대기가 옆구리를 강타하는 것을 피할 수 없었던 것이다.

그러나 가드 코트에 막혀 고무 타이어를 치는 것 같은 기이한 소리에 쿠보다가 일시 어리둥절해하는 표정을 자아냈다.

"어?"

그도 그럴 것이, 뼈가 박살 나는 소리를 기대하며 온갖 힘을 다해 타격한 결과가 상식을 벗어나는 현상을 낳았으니 일시나마 멈칫할 수밖에.

"싸우다 말고 넋을 놔?"

그 잠깐의 시간을 놓치지 않고 담용이 전광석화처럼 쇠막대기를 빼앗고는 그대로 쇄골을 내리쳤다.

뿌각!

"끄아악!"

미처 대응할 새도 없이 얻어맞은 쿠보다가 극고의 고통에 찬 비명을 터트렸다.

"악! 쿠보다!"

쿠보다마저 쓰러지는 것을 본 코투가 경악성을 터뜨리고는 고함을 질렀다.

"기요노리! 놈을 담가 버려!"

"하이잇! 애들아, 들었지? 복수다! 덮쳐!"

"와아아!"

담용의 퇴로를 막고 있던 기요노리 패거리가 함성까지 질러 대며 떼를 지어 담용에게 돌진해 왔다.

손에는 각양각색의 무기를 든 채였다.

짓쳐 들어오는 모습이 꼭 태평양전쟁 당시 이들의 조상이 행해 온 '만세 돌격'과 다름없어 보였다.

'나디, 동전.'

조무래기들과는 직접 손을 섞는 것도 아까웠다.

쩔렁.

손아귀에 가득 찬 동전들을 손가락마다 끼운 담용이 의념을 전했다.

'프라나, 분신을 세분하는 게 가능하지?'

ー당근이쥐. 대신 치명적이지는 못해.

위력이 약하다는 뜻.

하기야 분신을 쪼개고 쪼개 동전마다 나눠야 하니 그럴 수밖에.

ー차크라 큐브를 가미하는 건 좀 그렇지?

'마! 누굴 살인마로 만들 일 있어? 그냥 팔이나 다리 하나 씩 부러뜨리거나 살 속에 박아 놓는 것으로 충분해.'

─그거야 여반장이지.

'이놈이 여반장이란 말은 또 어디서 주워들었지?'

하여간 요상한 녀석임에는 틀림이 없다.

'굿! 던진다.'

'다' 자가 끝나는 순간, 손아귀에 쥔 동전의 감촉이 살짝 이상해졌지만 쉴 새 없이 손가락을 놀려 댔다.

핑. 핑. 피피피핑.

"악!"

"커억!"

"우악!"

철퍽! 철퍼덕!

제각기 흉기를 든 채 달려오던 기요노리와 그 패거리가 느닷없이 날아든 동전 세례에 비명을 질러 대며 고꾸라졌다.

일발필중에 백발백중이었다.

동전 하나하나에 분신들이 깃들어 있어 명중되지 않는 것이 더 어려웠다.

피피핑! 핑. 핑. 핑.

"으윽!"

"허컥!"

연속되는 동전 공격에 30명의 사내가 쓰러지고 자빠진 것은 순식간의 일이었다.

그도 그럴 것이, 능력자인 담용에게는 그저 냇가의 피라미에 불과한 양아치들이었다.

"으아아아…… 어엇!"

악이 받쳐 무작정 달려오다가 엎어진 동료의 발에 걸린 기요노리가 균형을 잃고 옆으로 쓰러졌다.

쓰러지는 찰나, 그는 이를 악물고 손에 쥔 사시미칼을 담용에게 던졌다.

"죽엇!"

슈욱!

날카로운 파공음을 동반한 사시미칼이 담용을 향해 쏘아져 왔다.

'저놈은 특별히 손을 봐 줘야겠군. 네놈은 사시미칼을 던진 것으로 지옥문을 열었다는 걸 금세 깨닫게 될 거다.'

척!

날아든 사시미칼을 가볍게 잡아챈 담용의 신형이 고무줄처럼 늘어난다 싶더니 몸을 일으키고 있는 기요노리 앞에 섰다.

터억!

그 즉시 멱살을 잡고 들어 올린 담용의 눈에 기요노리의 독기 어린 눈빛이 쏘아졌다.

'짜식이 눈빛만으로도 여럿 죽이겠네.'

"퉤엣!"

녀석이 다짜고짜 침을 뱉었다.

'더러운 자식.'

기요노리의 몸뚱이를 가볍게 젖히는 것으로 침을 피한 담용이 놈의 사시미칼로 허벅지를 찔러 버렸다.

"흐학!"

고통에 입을 딱 벌린 기요노리의 모습에도 아랑곳없이 담용은 반대편 허벅지에 또다시 사시미칼을 찔렀다.

"커헉! 컥컥컥……."

눈동자가 뒤집힌 기요노리의 얼굴에 그제야 공포의 빛이 드러나기 시작했다.

'똥밭에서 제대로 굴러 보지도 못한 놈이…….'

기요노리의 몸을 바짝 다가세워 얼굴을 살피니 이건 머리에 피딱지도 안 마른 어린놈이지 않은가?

'이런 젠장 할.'

딱 봐도 이제 갓 고등학교를 졸업했거나 아니면 아직 재학 중인 듯한 앳된 녀석이었다.

조직에서 미래의 조직원으로 키우는 준고세이인이 바로 이런 녀석들이다.

그렇다고 곱게 대해 줄 마음은 없었다.

새파랗게 어린 나이에 사시미칼까지 들고 쑤셔 대는 녀석인데 커서는 더 잔혹한 놈으로 변할 것이 빤해서다.

나아가 멋모르고 행동대로 나섰다가 골백번은 더 죽어 나자빠질 녀석이라 차라리 지금 병신이 되는 게 나을 것이다.

'개똥밭에 구르며 살아도 저승보다 훨씬 나은 곳이 이승이니 내가 은인인 줄 알아라. 아, 은혜는 안 갚아도 된다.'

담용이 잇새로 깔아뭉개는 어투로 내뱉었다.

"풋내기! 행동에는 그만한 책임이 따른다는 걸 알면 억울하지 않을 거다."

말이 끝남과 동시에 기요노리의 몸을 제식총 다루듯 돌려 물구나무를 세웠다.

그것도 잠시, '서걱!' 하고 뭔가 썰리는 소리가 났다.

"끄아아악!"

기요노리의 아킬레스건을 사정없이 잘라 버린 담용이었다.

이건 본보기였다.

함부로 나대다가는 이런 꼴을 면치 못한다는 본보기.

주변에 널브러진 녀석들이 신음을 흘리다가 흠칫거리며 담용의 눈길을 외면하는 것만 봐도 제대로 본보기가 된 것 같았다.

"으아아아!"

고통에 몸부림치는 기요노리를 머리만 제외하고 팔과 다리, 어깨, 복부 할 것 없이 죄다 동전 하나씩 훈장처럼 매단 채 널브러져 신음만 흘리고 있는 녀석들에게 던져 주었다.

"속옷이라도 찢어서 지혈시켜 줘라!"

화다닥.

녀석들은 마치 그 말을 안 들으면 기요노리 꼴이 되기라도 할 것처럼 부상을 무릅쓰고 재빨리 움직였다.

담용이 손에 든 사시미칼을 바닥에 꽂았다.

퍼퍽! 투르르르.

콘크리트 바닥을 여지없이 뚫고 들어간 사시미칼이 자루만 남긴 채 부르르 떨었다.

"헉!"

"악!"

지레 겁을 집어먹은 녀석들의 안색이 창백하게 변했다.

'쯧쯔쯔, 저리도 심약한 놈들이 무슨 깡패 짓을 하겠다고 나섰는지, 원.'

하기야 굳이 힘이 세지 않더라도, 강단이 없더라도 소속 집단의 성격에 중독되고 압박에 내몰리게 되면 없던 용기도 생기기 마련이다.

담용은 더 상대할 가치가 없다는 듯 돌아섰다.

한편, 부하들과 준고세이인들이 처참하게 당하는 것을 그대로 지켜본 엔도의 얼굴은 붉으락푸르락 달아올랐던 처음과 달리 허옇게 말라붙어 있었다.

"요시!"

결국 엔도는 자신이 나설 차례라 여겨 입을 앙다물었다.

겉옷을 벗어젖히고 소매까지 걷어 올린 엔도가 불끈 쥔 주먹을 들어 올릴 때, 마침 상대가 돌아서고 있었다.

"코투, 내가 놈과 대치하고 있을 동안 애들을 불러와."

"조, 조장님!"

"놈을 기필코 잡아야 한다. 빨리!"

"하, 하잇!"

씹어뱉듯 하는 말에 코투가 막 돌아서 달려가려는 그때, 가부키초 골목에서 한 떼의 사내들이 우르르 몰려오고 있었다.

족히 40~50명은 되어 보이는 사내들은 하나같이 한가락하게 생긴 몰골로, 대부분 일반인들에게 위압감을 줄 만한 덩치들이었다.

그들을 본 코투의 표정이 보름달처럼 환해졌다.

하지만 입에서 나온 목소리는 다급하기 짝이 없었다.

"가즈시게, 사이토!"

"오잇! 코투, 사이렌 소리는 뭐야? 우릴 잡으러 온 거……."

널브러지거나 나자빠진 동료와 수하들의 모습이 적나라하게 시야에 들어오자 가즈시게와 사이토는 그만 말문이 막혀 버렸다.

"이게 다 뭐, 뭐야?"

앞으로 나서려던 엔도는 수하들이 몰려오자 뒤로 멀찍이

물러서며 공간을 만들어 주었다.

"가즈시게! 사이토! 저, 저놈을 잡아!"

"엉?"

"놈이 우리가 찾는 범인이다! 달아나기 전에 빨리 잡아야 해! 속히 움직여!"

"이놈, 결국 걸려들었구나. 사이토, 오노를 데리고 오른쪽으로 가."

"알았다. 오노, 따라와."

"하잇! 애들아, 빨리빨리 움직여!"

와다다다.

10여 명이 사이토와 오노를 따라 움직였다.

"류사쿠는 왼쪽을 맡아!"

"하잇! 우가키, 애들 데리고 따라와."

"아리오시는 나와 정면을 맡는다. 애들을 앞세워!"

"하이!"

─우와! 더 많이 몰려왔어.

'그래 봐야 오합지졸이다. 나디, 동전!'

근데 나디에게서 반응이 없다.

담용의 뜻이라면 언제든 금방 응해 오던 나디가 답이 없다니!

뭐가 잘못된 건가 의심이 들었을 떼, 프라나가 대신 반응했다.

―백 엔짜리 동전이 다 떨어졌단다.

'어, 그래? 아하, 500엔짜리만 있어서 반응이 없었구나. 하긴 30개가 적은 건 아니지.'

융통성이 없다는 게 흠이었지만 의념이 통한다면 정말 재미있을 상대가 나디다.

그래서 더 아쉬움이 컸다.

'할 수 없지. 나디, 500엔짜리 동전을 줘.'

쩔렁쩔렁.

'이젠 내가 선수를 칠 시간이다. 프라나, 분배해!'

―이미 끝냈어. 몸 된 주인 파이팅!

'아휴! 여우 같은 놈이 또 마음 약해지게 만드네.'

어떨 때는 눈치가 없고, 어떨 때는 눈치가 너무 빨라서 탈인 프라나.

그즈음 뒤로 물러서며 바락바락 소리를 지르는 사내가 눈에 들어왔다.

'어라, 저 자식은……?'

―눈에 익지?

'그래.'

모를 리가 있나?

담용이 도쿄에 도착해서 아미스타아사가야 호텔에 머물렀을 때, 막무가내로 쳐들어와 심문을 가했던 녀석인 것을.

울며 겨자 먹기로 일본어를 배우러 왔다는 둥, 유도를 했다는 둥 마음에도 없는 말로 환심을 사기 위해 애쓴 걸 생각하면 지금도 분이 풀리지 않는다.

아울러 저놈들 때문에 잠 한숨 못 자고 날을 새워 버린 기억도 났다.

거기에 기타니란 이름의 새파란 야쿠자까지 담용을 조롱한 걸 생각하면 당장이라도 아작을 내 주고 싶었다.

'저놈. 여기가 나와바리라고 했던가?'

─그러면서 가이드를 소개해 주겠다고 했었잖아.

'맞아, 기억난다.'

하지만 그 부분은 담용도 정확히 알지 못했다.

엔도가 극진흑룡회에서도 부두목, 즉 와카가시라 중 하나인 타무라 츠오시의 직속 부하라는 걸 말이다.

아미스타아사가야 호텔에서는 단지 끗발을 부리기 위해 나와바리라고 했던 것이다.

─몸 된 주인, 잘못하다간 오늘 메인 뉴스 장식하겠다.

'그게 뭔 소리야?'

─주변을 둘러보라고.

'……? 쩝, 그럴 수도 있겠네.'

휑하던 거리가 구경꾼들로 빼곡히 둘러싸여 있지 않은가?

아닌 게 아니라 싸움질에 정신이 팔리다 보니 구경꾼들로 인해 도떼기시장보다 더 시끄럽다는 걸 알지 못했다.

'이거야 원, 동물원 우리 안에 있는 원숭이도 아니고.'

-몸 된 주인, 그만하고 가면 안 될까?

'아, 마음 약해지게.'

요럴 때는 알랑방귀가 조금 섞인 코맹맹이 소리 같다.

근데 정말 싸울 무대가 아닌 것 같아 쾌히 동조했다.

'알았다. 엔도 저 자식만 손 좀 봐 주고 가자.'

-그럼 골목을 들어서자마자 캡슐슈트 가동! 오케이?

'좋을 대로.'

캡슐슈트를 가동하면 보이지 않으니 추적해 오기는 힘들 것이다.

-쟤들 완벽하게 포위했는데?

어느새 빈틈없이 포위된 상태라 벗어나려면 꽤나 애를 써야 할 것 같다.

그렇다고 중인환시衆人環視에 고스트 트릭으로 사라질 수도 없다.

'나디, 동전 두 개만 줘.'

울렁.

'프라나, 날 공중으로 띄워 줄 수 있어?'

-얼마나?

'목표는 뒤로 빠져 있는 엔도와 옆에 달라붙어 있는 녀석이야. 그러니 포위망만 뛰어넘을 수 있도록 적당히 해.'

-그 정도라면야 가능하지. 근데 놈들이 총기라도 가지고 있으면 어떡해?

'총기?'

ㅡ응. 야쿠자잖아?

'뭐, 총이 없으란 법은 없지.'

그래도 총기 사용은 정말 쉽지 않다.

사실 한국 조폭이 어둠의 경로로 총을 들여오지 못하는 게 아니다.

단지 총기 규제가 무척이나 빡빡한 대한민국이라 한 발의 총성만 울려도 대사건이 되기 때문에 자제하는 것뿐이다.

이는 권총으로 세력을 좀 넓혀 보려다 경찰을 뛰어넘어 대한민국의 군대와 마주할 수 있다는 뜻이다.

그렇게 되면 조폭 조직은 전멸을 면치 못한다.

당연히 언감생심 총기의 'ㅊ' 자도 꺼낼 수가 없다.

일본이라고 다르지 않다.

다만 야쿠자들의 폭력 범위에 간혹 총기 사용이 있다지만 그리 흔치 않다는 게 중론이다.

ㅡ글고…….

'할 말 있으면 해. 너답지 않게 뭔 뜸을 들이고 그래?'

ㅡ아, 아니야. 이따가 얘기하자고.

실없는 놈.

'후우웁.'

담용이 심호흡을 했다.

'간다아ㅡ!'

투다다다.

두 발에 모터를 달기라도 했는지 다리가 보이지 않을 정도로 쏜살같이 내달렸다.

"아리오시! 놈이 이쪽으로 온다! 놓치지 마!"

"하잇! 모두 무기 들어!"

가즈시게의 호통 같은 지시에 아리오시를 비롯한 부하들이 각각의 무기를 빼 들고는 정면으로 달려오는 담용을 향해 전의를 불태웠다.

파파파파팟.

"오너라!"

정중앙으로 달려오고 있는 상대를 본 가즈시게가 수하들을 밀치며 앞으로 나섰다.

"타아앗!"

기합성과 함께 바닥을 박찬 담용이 허공으로 부웅 뛰어올랐다.

"헉! 뭐, 뭐야?"

엄청난 높이로 점프하며 머리 위를 지나가는 상대를 본 가즈시게가 일시 놀라 멀뚱한 표정을 자아내다가 욕설을 퍼부었다.

"육시랄 놈아! 지옥 끝까지 쫓아가겠다!"

포위망을 단번에 뚫고 날던 담용이 그 즉시 손을 뿌렸다.

핑. 피핑.

담용의 손을 떠난 5백 엔짜리 동전 두 개가 파공음을 내며 두 줄기 선을 이루더니 어느 순간 자취를 감췄다.

"으윽!"

"커억!"

동전이 자취를 감춘 결과는 두 마디의 얕은 비명이었다.

"악! 엔도 조장님!"

"조, 조장!"

"코투!"

"도, 동전에 마, 맞았다."

"사이토, 난 계속 추적할 테니 엔도 조장과 코투를 살펴라!"

"알았다. 위험한 놈이니 조심해!"

"여긴 아리오시조만 남고 모두 추적에 가담한다!"

"앗! 놈이 야키도리 골목으로 들어갔습니다!"

"발 빠른 녀석이 누구냐?"

"핫! 오노 먼저 갑니다!"

"곧 뒤따라갈 테니 기필코 잡아!"

"하잇!"

파파팟.

끼익. 끼이익!

난데없이 차도로 뛰어든 오노로 인해 차량들이 급브레이크를 밟으며 스키트 마크를 남겼다.

BINDER
BOOK

담용, 날다(?)

'여긴 어디야?'

―입구에 신주쿠중앙공원이라고 되어 있더라.

어쩐지 나무가 많다 했다.

아예 수목군에 몸을 숨긴 격이라 놈들도 찾기 어려울 것이다.

'놈들을 따돌린 것 같아?'

―몇 바퀴 돌다가 왔으니 한참 헤매고 있을걸.

'후우, 잠시 쉬자.'

―차크라 소모도 별로 없었는데?

'마! 그래도 정신적으로는 엄청 피곤한 상태라고.'

―뭐, 그렇다 치지.

'짜슥이 믿지를 않네. 그건 그렇고, S1이 보내온 영상은 볼 수 있지?'

자꾸 소멸된 분신이 마음에 걸려서 확인해 보고 싶었다.

-아니.

'엥? 왜에?'

-속박 그물에 갇히는 바람에 빠져나오지 못하고 소멸됐으니까.

'제법 센 놈이 와 있었던 모양이군.'

문득 모모가 말했던 아마테라스라는 단체가 떠올랐다.

그것은 곧 일본도 에스퍼들 양성에 어느 정도 성과를 거두고 있음을 알려 준다.

담용은 아직 미국의 에스퍼 조직인 플루토에 대해, 아니 그런 조직이 있는지조차 알지 못했다.

물론 한국에 들어와 있던 몇몇 초능력자를 통해 미국이 그들을 전략적으로 키우고 있음은 알지만, 더도 덜도 아닌 딱 그 정도 정보만 알고 있을 뿐이었다.

-어쩔 수 없다.

'나도 안다.'

-분신은 어차피 소모품일 뿐이니 마음 쓰지 않아도 된다.

'인마, 그게 너하고 나의 차이라고.'

다시 한번 프라나에게 인성을 기대하는 게 어리석은 짓임을 깨달았다.

'자폭의 파괴력은?'

―수류탄 두 개 정도?

그냥 폭발력만 있는 허접이 아니라 살상력 정도는 지녔다는 뜻.

'그것도 대단하네.'

―파괴력은 대단하지 않지만 대신에 영향을 미치는 반경이 조금 더 넓어.

음, 아무래도 이건 직접 현장을 봐야 실감이 날 것 같다.

새삼 프라나가 강조하는 시뮬레이션이 중요하다는 것을 깨달았다.

뭐, 몰랐던 건 아니지만 솔직히 반쯤은 시간이 촉박했고, 나머지 반은 억지로 고집을 부린다고 할 수 있었다.

'아무튼 수고했다.'

소모품이라지만 어째 꼭 배 아파 낳은 애를 잃은 것처럼 기분이 꿀꿀했다.

'이걸 어디서 풀지?'

쉬 납득하지 못하다 보니 응어리가 맺혀 가슴이 콱 막힌 기분이었다.

'프라나, 흔적을 좀 남기고 가자. 사람 없는 곳을 찾아봐.'

―몸 된 주인, 차크라는 기분대로 소모하는 게 아니라고.

'그건 아는데……'

―반응을 보니 지금 복수의 화신이 된 것 같은데?

이놈이 이젠 넘겨짚기까지 하네.

'마, 그냥 꿀꿀해진 기분을 털어 내고 싶은 것뿐이다.'

—나긋한 모모와 소통해 봐. 그럼 좀 나아질 거야.

물론 미션을 완료했으니 알려는 줘야겠지.

'근데 이 자식이 지금 뭐라고? 나긋한 뭐?'

막 화내려는 걸 눈치챘는지 프라나의 의념이 먼저 훅 들어왔다.

—복수는 뒤로 미뤄. 시뮬레이션 한번 해 본 적이 없는데 무슨.

'뭐, 그렇긴 한데 위력이 어떤지는 알아야 할 것 아냐?'

—그건 몸 된 주인이 직접 보고 느끼기 전에는 뭘 해도 실감이 안 날 거야.

'그러니까 지금 실험해 보자고. 소소한 복수도 할 겸. 응?'

—노! 적룡은 파괴를 위한 일이 아니면 함부로 현신하지 않아.

'적룡이라고?'

갑자기 웬 적룡?

—큐브는 차크라에서 시작되는 제반 초능력의 진원지야. 몸 된 주인의 진원지에는 애초부터 적룡이 똬리를 틀고 있었다고. 언제 한번 얘기했을 텐데?

'결단코 들은 적 없다.'

아니면 들었어도 담용이 기억하지 못하든가.

–쉽게 말하면 몸 된 주인의 초능력이 차크라 큐브로 변환될 때 폭풍 같은 스쿼드를 지닌 적룡으로 나타난다는 거야.

'내 힘의 근원인 차크라가 큐브로 전환되면 광룡, 즉 레드 드래곤으로 화한다는 말인가?'

아, 모르겠다.

역시 프라나의 의념대로 시뮬레이션을 해 봐야 알 것 같다.

'그래, 이럴 것 같아서 물어본 거다.'

강렬한 유혹을 참을 수 없어 강력한 의지를 담아 은근히 유혹했다.

'프라나, 도쿄의 상징이 뭘까?'

–하! 고집은.

쉽게 안 넘어온다.

'마! 뭐든 경험을 해 봐야 그만큼의 경험치를 얻을 수 있잖아?'

–그건 맞는 말이다. 으음, 잠시만.

프라나가 전두엽을 뒤지는지 살짝 간지러웠다.

이제는 담용이 굳이 전두엽을 건드리지 않아도 프라나가 다 알아서 찾아 주니 무지 편했다.

그러니까 당용이 책을 읽거나 각종 자료들을 탐독하지 않고 눈으로 훑기만 해도 기억을 도출해 낼 수 있다는 뜻이다.

그렇다고 해도 모든 게 까발려지는 건 싫어서 얼른 닫는다.

'그만해!'

–아, 조금만 더…….

'죽을래?'

–삑 하면 죽인대. 암튼 도쿄 도청으로 나오는데?

빙고!

바로 신주쿠도청이라 불릴 정도로 가까이에 있어 염두에 뒀는데 짐짓 모른 척하고 되물었다.

'어, 그래?'

이건 살짝 하는 복수치고는 규모가 지나치게 컸지만 관심이 갔다.

–무려 48층이나 돼. 무료 전망대도 있고. 와아! 규모가 대단하네. 신주쿠역하고 연결되어 있어서 오가기도 편하고.

'그만! 거기로 정했다.'

–차크라 소모가 엄청날 텐데?

'어느 정돈데?'

–스트레이트를 연타로 얻어맞는 느낌.

세 번째로 큰 충격이다.

잽, 스트레이트, 스트레이트 연타, 관자놀이에 훅, 턱에 어퍼컷, 보디블로 연타 순이었으니까.

'견딜 만하겠는데?'

담용이 맷집 하나는 괜찮은 편이다.

-몸 된 주인, 육체와 정신을 혼동하지 마라.

'조금 전까지만 해도 정신적 피로에 대해 이해를 못 하던 놈이 지금은 뭐라고? 하, 이젠 아예 가르치려 드는군.'

목숨이 위험할 정도라면 프라나가 제지할 테니 이럴 때는 무조건 직진이다.

'차크라를 좀 많이 소모했다고 죽기야 하겠어?'

-나를 믿는 건 기분 좋지만…… 에이, 기분이다. 여기서 그리 멀지 않아.

제지는커녕 오히려 프라나가 더 적극적이다.

'대체 뭔 수작이지?'

이렇게 나오니 오히려 더 불안해진다.

'쩝. 그래, 갈 데까지 가 보자. 빨리 가자. 사람들이 출근하기 시작하면 곤란해.'

-장소를 말해.

'정면이어야 할 테니 도민광장이 어때?'

-좋은데.

'얼마나 걸려?'

-뛰어가면 10분이면 충분하지만 1분 안에 도착할 수 있는 방법도 있어.

'그, 그런 수법이 있다고?'

-끙. 이럴 때 보면 참 바보 같은 몸 된 주인인데…….

'이게 한번 혼나 볼려?'

-사이킥 에어플라이는 뒀다가 국 끓여 먹을 거야?

'……?'

-모르고 있었구나.

그제야 생각이 났다.

프라나가 아까 의념으로 전하려다 어물거린 게 사이킥 에어플라이였던 것이다.

'사이킥 에어플라이라면 공중부양을 말하는 거냐?'

-잘 아네.

'……!'

거짓말 하나도 안 보태고 너무 놀라서 눈알이 튀어나올 뻔했다.

이거 엄청나게 멋있는 득템이었다.

마치 새처럼 날 수 있는 수법이 공중부양이니까.

정말이라면 난데없이 돈벼락을 맞아 억만장자가 된 기분이다.

'으흐흐훗. 내가 날 수 있다니!'

생각만 해도 뿌듯하고 신이 난다.

'프라나, 그거 어떻게 하는 거지?'

-다른 건 잘도 하더니만.

'쓰읍.'

움찔.

-몸 된 주인, 어렵게 생각하지 마. 아까와 비슷하니까. 그

러니까 발바닥에 모터 달린 프로펠러를 부착했다고 생각하면 돼.

'그렇게 간단하다고?'

—균형 감각이 중요하긴 한데 몸 된 주인은 앱설루트 경지 잖아? 마스터일 때도 잘해 왔으면서 새삼스럽게…….

'인마, 지금은 그때와 다르지. 어쨌든 그렇단 말이지.'

—땅에 거의 붙어서 갈 건지, 하늘을 날아갈 건지 그것부터 결정해.

'뭐가 쉽지?'

—내 이래서 실전에 임하기 전에 시뮬레이션이 꼭 필요한 거라고 누누이 말했지?

'그건 네 말이 백번 옳다. 인정할게. 명심하지. 땅에 거의 붙어서 가는 걸로 하자.'

고소공포증은 없지만 시뮬레이션을 해 보지 않은 지금 하늘을 난다는 건 시기상조인 것 같다.

그러다가 추락이라도 하면!

너무 끔찍했다.

—오키.

'멀티플렉싱 상태여야겠지?'

—그걸 말이라고 해?

'너……!'

—어허! 처음이니 다칠 수도 있잖아? 그렇지만 몸 된 주인

은 여태까지 해 온 것처럼 의지만 불어넣어 주면 되는 일인데 다칠 일이 있겠어? 나머지는 내가 알아서 조율할 테니 걱정 말라고.

약은 자식이 이젠 화도 못 내게 선수 치고 들어온다.

아무튼 담용이야 그래 주면 좋긴 한데…….

근데 프라나가 그 과정에서 뭔 수작을 부릴지 은근히 걱정이 되었다.

'땡큐!'

담용은 왠지 자신이 약한 모습을 보이는 것 같았다.

─유어 웰컴.

'푸헐! 점점……?'

속으로 실소를 내뱉은 담용이 마음을 가다듬고는 캡슐슈트를 생성시켰다.

담용이 별안간에 사라졌지만 주변에서 놀라거나 하는 일은 없었다.

이어서 사이킥 에어플라이를 시전했다.

쑤욱.

'어, 어…….'

몸이 떠오르는 기분에 담용은 일시 당황했다.

동시에 처음 염동력을 시험해 봤을 때처럼 생소한 기분이 들었다.

─몸 된 주인, 차크라의 양을 조율해. 그게 속도 조절이라

고 여기면 돼.

'그, 그래.'

휘청휘청. 기우뚱.

금방이라도 곤두박질쳐 땅바닥에 처박힐 것같이 위태했다.

'이게 균형이 잘 안 잡히네.'

담용 자신이 생각해도 엉덩이를 뒤로 쑥 뺀 엉거주춤 민망한 자세다.

─처음이라 그래. 자전거 탈 줄 알지? 몸이 기우는 방향으로 핸들을 튼다고 생각해.

'아, 알았어.'

─자, 간다.

'자, 잠깐!'

─괜찮아. 몇 번 고꾸라져 봐야 실력이 늘지.

'이게 자기 일 아니라고 말을 그렇게 쉽게 해! 어, 어……이익!'

출발하자마자 몸의 균형을 잃고 거의 땅에 닿을 듯 기우는 아슬아슬함에 담용은 이판사판의 심정이 됐다.

"씨불. 죽기야 하겠어?"

전신에 차크라를 부여해 사이킥 에어플라이를 시전했다.

그러자 돌연 몸이 '부웅!' 하고 허공으로 한껏 치솟아 올랐다.

"으아아아!"

깜짝 놀란 담용의 입에서 불시에 비명이 터져 나왔다.

―에그. 아예 '나 여깄소.' 하고 광고를 하지 그래?

'프라나, 너……'

프라나의 이죽거림에 약이 올랐지만 지금은 그걸 따질 겨를이 없었다.

'으아아! 부딪친다아―!'

돌연히 훅 다가오는 행인들과 부딪칠세라 급격히 방향을 트는 담용의 앞으로 입간판이 나타났다.

퍼억!

콰직! 텅텅! 터터텅!

캡슐슈트에 의해 자동적으로 운영되는 가드 포스의 위력 앞에 거리의 입간판이 장난감처럼 찌그러지면서 저만치 나가떨어졌다.

느닷없는 날벼락에 지나가던 행인이 화들짝 놀라 잽싸게 달아나고, 멀찍이 지나던 행인은 어디서 돌풍이 부나 하고 주춤대며 주변을 두리번거렸다.

'으아아악!'

계속해서 나타나는 장애물에 부딪칠 때마다 롤러코스터를 타는 기분이었다.

담용의 입에서 연거푸 비명이 터져 나왔고, 프라나는 그러거나 말거나 사정없이 공중부양을 지속해 나갔다.

'악! 아악! 악!'

물구나무만 서지 않았다 뿐이지 갖가지 기괴한 자세를 연출하며 비행(?)하는 담용은 차마 소리를 내지 못하고 맘속으로만 악을 써 댔다.

쿠당. 우당탕. 쿠쿵. 쨍그랑. 쨍쨍.

벽이나 장애물에 부딪치는 온갖 잡소리는 물론, 기물을 박살 내는 건 덤이었다.

'망할.'

캡슐슈트로 몸을 보호했으니 망정이지 안 그랬으면 몸뚱이가 걸레처럼 너덜너덜해졌을 것이다.

어쨌든 그렇게 위태로운 비행을 한 지 얼마나 지났을까?

슈웅. 슈우웅.

상처뿐인 영광의 보상인지 몰라도 장애물에 부딪치는 소음이 줄어든 대신 부드러운 비행음이 자리를 잡기 시작했다.

'후아! 마냥 헛고생은 아니었구나.'

시간이 갈수록 위태위태하던 몸이 차츰 균형을 잡아 가고 있는 것에 담용의 마음이 한층 고무됐다.

그러나 또 하나의 난관이 닥쳐왔다.

'으으. 너무 어지러워서 토, 토할 것 같다.'

거센 파도를 만난 선박보다 더 격심한 롤링과 피칭을 하다 보니 금방이라도 속에 있는 것을 게워 낼 것만 같았다.

온몸을 그토록 뒤틀어 댔으니 당연한 현상이었다.

─참아.

"이 씨…… 우웁!"

프라나의 냉정하고도 태연한 대답에 담용은 욱했지만 실지로 목구멍까지 신물이 올라오고 있어 대거리를 할 수가 없었다.

한데 1분이면 도착한다던 목적지가 5분이 넘어도 나타나지 않는 통에, 심한 멀미로 인해 머리가 터질 것 같았다.

결국 담용은 폭발하고 말았다.

'마! 1분이면 도착한다며!'

─케헴. 다 왔어.

우뚝!

"악!"

철퍼덕!

갑작스러운 정지에 가까스로 몸을 가누면 날고 있던 담용은 미처 신형을 가눌 새도 없이 앞으로 고꾸라지면서 그대로 바닥에 처박혔다.

"크윽."

머리부터 처박힌 담용의 모습은 패대기쳐진 개구리나 다름없었다.

'으으, 이 자식이!'

몸을 보호하는 기능까지 갖춘 캡슐슈트로 인해 다친 곳은 없었다.

하나 겉모습은 가히 꼴불견이 따로 없었다.

다행히 도청 도민광장 한가운데라 행인들이 없었기에 망정이지 하마터면 개망신을 당할 뻔했다.

'이놈이 나를 골탕 먹이려고 작정을 했구나. 내가 이리 당하면서까지 참아야 돼?'

얼굴부터 처박힌 통에 멍이 들었을지도 모르겠다.

캡슐슈트의 방어 기능 덕을 보긴 했지만 충격으로 보아 피멍 정도는 들었을 것 같았다.

'괘씸한 놈. 어떻게 복수하지? 아! 그렇지. 소환을 하지 않는 건 어떨까?'

프라나 대신 나디와 놀면 될 테고.

'크흐흐흐. 이놈아, 내가 뒤끝이 작렬하는 좀팽이라는 걸 보여 주마.'

뭐, 몇 가지 일만 끝내면 한동안은 소환할 일도 없을 테니 딱이다.

응? 그걸로 되겠냐고?

'암, 충분하지.'

프라나에게는 유일한 복수라고 할 수 있는 게 딱 한 가지가 있는데, 그것은 바로 소환하지 않고 어둠 속에 갇혀 있게 하는 것이다.

갇히는 걸 엄청 싫어하는 걸로 보아 아마 인간 세상의 감옥과 비슷한 환경일 것으로 여겨진다.

그마저도 없었다면 얼마 안 가서 복장이 터져 죽을지도 모른다.

－안 다쳤어?

'너…… . 에구, 말을 말자.'

불뚝 솟은 핏대가 터져 버릴 만큼 약이 올랐지만 기꺼이 감내했다.

－연습 좀 하라고 빙 둘러 왔어. 숙련되면 이것만큼 편리한 것도 없거든.

'그래, 너 잘났다.'

맞는 얘기라 할 말은 없지만 괘씸한 건 괘씸한 거다.

찐빵과 만두가 다르듯이 말이다.

이 녀석도 좀 지나쳤다는 것을 아는지 쭈뼛거리는 게 느껴지기는 했다.

'어쨌거나 예고도 없이 제 놈 맘대로 결정하고 몸 된 주인을 가지고 놀았다 이거지?'

분기를 지그시 억누르며 더 따지지 않고 물었다.

'어떻게 해야 돼?'

－뭘?

'차크라 큐브 말이다!'

－아, 몇 개가 필요한데?

'이 자슥, 그걸 되물으면 어떡해?'

또 물어보면 시뮬레이션 타령이나 할 게 빤해서 선뜻 입이 떨어지지 않는다.

나 원. 누구보다도 친숙해져야 할 녀석이 시간이 지날수록 껄끄러워지니 문제다.

근데 간지러운 곳을 긁어 주려는지 아니면 담용의 심기가 불편한 걸 알아채서인지 프라나가 먼저 의념을 전해 왔다.

─몸 된 주인, 이래서 시뮬레이션이 필요한 거라고.

역시 그 소리는 빠뜨리지 않네.

─익숙하지 않다는 건 알아. 하지만 몸 된 주인은 어떤 경우에서든 그러면 안 되는 거라고.

'윽. 사실을 있는 그대로 폭로하는 것도 폭력임을 모르냐?'

─케헴. 팁을 하나 알려 준다면 계산을 거꾸로 하면 된다는 거야.

'거꾸로 계산하라고?'

갑갑해하던 담용의 뇌리에 불이 번쩍 들어오는 기분이었다.

'가만. 그렇다면 분신 하나가 소멸될 때마다 두 배의 대미지가 온다고 했으니 그걸 역으로 계산하면?'

즉, 분신 하나가 수류탄 한 개의 위력과 맞먹는다고 했으니 분신이 두 개라면 수류탄 네 배의 파괴력이란 소리다.

뭐, 2배수라고 하니 곱하기 2를 하면 계산은 간단하다.

일단 눈앞에 있는 거대한 건물은 도쿄 도청이다.

본체 양쪽으로 쌍둥이 빌딩 같은 사각기둥 모양의 건물이

오벨리스크를 연상케 했다.

마치 철옹성의 벽체 같은 건물이다.

일단 견적(?)부터 계산해 볼까? 당연히 폭발물의 양을 계산하는 것이다.

―몸 된 주인, 일본에서 역대 최고층인 마천루다. 그런 만큼 상징성이 대단하다고 할 수 있지.

'그래서 어쩌라고?'

―뭐, 그렇다고.

'싱거운 놈.'

―피괴의 상징 같은 걸 남기는 것도 좋지 않겠나 싶어서 말해 본 거야.

'……!'

괜찮은 생각이긴 한데 당장 떠오르는 게 없으니까 답답하다.

그냥 폭삭 주저앉게 만들어 버려?

그건 너무 멋이 없다. 오래도록 기억될 만한 게 없을까?

도쿄 도청

-곧 먼동이 터 올 거다.

시간이 없다는 건 나도 알아.

'프라나, 너도 어떤 방식이 좋을지 생각해 봐.'

-싫다.

이놈 은근히 단호박이다.

-그런 건 몸 된 주인의 영역이다.

'어쭈, 역할을 확실히 하자는 거지?'

다 좋은데 이쯤에서 한 번쯤 협박이 필요한 것 같다.

'너, 아무래도……'

-……?

'이번 일 끝나고 나면 당분간 소환할지 말지 심각하게 고

려해 봐야겠다.'

–아……하하하하. 몸 된 주인, 뭘 원하는데? 아무거나 말해 봐. 다 들어줄게.

'으흐흐훗. 직방이네.'

여기서 더 나가면 역효과일 터.

'크흐흠. 야스쿠니신사처럼은 안 될까?'

–불가! 시간이 많이 걸려. 시기도 적당치 않고.

'그래, 내가 말해 놓고도 어리석은 질문이었다는 걸 알겠어.'

–몸 된 주인, 홍콩에 간 적 있지?

'그걸 네가 어떻게 알아?'

–몸 된 주인의 전두엽을 헤집어 봤으니까 알지.

'씨불 넘, 허락도 안 받고. 어쨌든 그게 어쨌다고?'

–해변가 아파트 중에 용이 지나가는 자리라며 건물에 구멍을 뻥 뚫어 놓은 아파트 있었잖아?

'아!'

맞다, 기억이 났다.

풍수지리를 신봉하는 홍콩인들이 아파트에까지 그걸 도입해 건물을 요상하게 지어 놓은 것을 본 적이 있었다.

그게 상서로운 용이 지나가는 자리란다.

홍콩 사람들은 섬마다 한 마리의 용이 살고 있다고 믿는데, 그 구멍이 바로 용이 바다와 섬을 드나들 때 사용하는

'문'이라는 것이다.

　–풍수지리는 무슨.

　'풍수지리를 알아?'

　–전두엽에 지식이 잔뜩 쌓여 있더만.

　'끄응, 말을 말자.'

　–아파트 가격을 올리기 위한 수작에 불과한 거지만, 기발하긴 했어, 카카카.

　이제는 웃기까지 할 정도로 진화하고 있는 프라나다.

　근데 틀린 말은 아니다.

　아파트 건물 주인은 자신의 건물이 용이 지나가는 길을 막게 된다고 생각해 문을 만들게 됐단다.

　만약, 용이 지나가는 길을 막는다면 자신에게 큰 불행이 닥쳐올 것이라 믿은 나머지 그렇게 한 것이었고, 그 때문에 아파트 가격이 부쩍 올랐다고 한다.

　–홍콩 사람들은 큰 부자가 될 것이라는 믿음 때문에 서로 그 건물에 살기를 원한다잖아?

　'실없는 소리 말고 여섯 개의 분신을 준비해.'

　–몇 배인 줄은 알지?

　'알아.'

　–두 개씩 네 배로 해서 바람구멍을 세 개만 만들어 놓으면 딱이겠는데?

　'크으, 아이디어까지. 그래, 기분이다.'

안 그래도 그러려고 했지만 공감해 준 공로로 수감 생활을 감해 주기로 했다.

우웅. 우우웅.

소리가 나는 것은 아니지만 담용에게는 차크라가 운기되면서 초능력, 즉 사이킥 파워가 구동되는 것이 느껴졌다.

─몸 된 주인, 뭘로 하게?

'염동포.'

─사이킥 캐넌?

'그래.'

─거기에 콤보로 하나 더 추가하는 건 어때?

'……?'

─사이킥 드릴 말이야.

'이놈이 나보다 한 수 위인 건 확실해.'

그도 그럴 것이, 염동포만 발사하면 파괴야 되겠지만 깔끔하지가 않다.

멀티플렉싱 수법으로 염동포에다 사이킥 드릴을 가미한다면 깔끔하게 구멍을 낼 수 있다.

'굿 아이디어다.'

─에헷, 조합이 끝났어.

'빠르네.'

─이 정도쯤이야.

얼레? 이젠 코맹맹이 소리까지.

이상한 방향이긴 하지만 시간이 흐를수록 장족의 발전이라 놀랍다는 생각밖에는 안 들었다.

'내 대미지는?'

—소주 세 병 정도 마신 사람과 같을걸.

'이 자식이 비교를 해도 꼭! 내가 주태백이냐?'

막상 듣고 보니 그만한 비유도 없는 것 같긴 하다.

아무튼 소주 세 병에 죽을 일은 없으니 큰 대미지는 없다는 얘기.

'좋아. 조준 잘할 수 있지?'

—염려 놓으셔.

'좌우 오벨리스크 상단 부분에 하나씩 보내고, 기단 층 윗부분에 하나 보내.'

이 정도만으로도 야스쿠니에 이은 충격이 적지 않을 것이다.

야스쿠니신사가 도쿄의 정신적인 상징이라면 도쿄 도청은 도시 행정의 상징일 테니까.

—조준 끝.

'아! 잠깐!'

—왜, 마음이 바뀌었어?

'천만에. 사람이 있는지 정도는 확인해야지.'

담용은 살인마가 아니다. 어쩔 수 없는 희생이야 논외로 치더라도 애먼 피해자가 생기는 건 사절이었다.

-있으면 안 할 거야?

'그래도 한다. 도쿄 도청은 독도 망언에 대한 보복 차원이니 반드시 실행해야 해.'

일본은 남의 나라 침략과 약탈에 대한 보복이란 걸 단 한 번도 받은 적이 없어, 이번 기회에 그런 무감각에 경종을 울릴 필요가 있었다.

'그래도 애먼 희생자가 생긴다면 내 마음이 좋지 않을 거야. 난 살인마가 아니라고. 그러니 빨리 확인해 봐.'

-그럴 줄 알고 이미 스캔해 봤는데, 다행스럽게도 없다. 숙직인지 경비인지 모를 사람들이 아래층에 몰려 있는 것 같은데, 상층부가 타깃이라면 사람이 상할 일은 없을 테니 안심해.

직격만 당하지 않는다면 대피할 시간이 있다는 뜻.

담용은 슬쩍 주변을 훑었다.

새벽 운동을 하러 나왔는지 광장을 지나치는 사람들이 몇몇 보였다.

'사람들의 시선이 부담스럽군.'

-그래서? 이것저것 따지다가 할 수 있는 게 뭔데?

'헐. 냉정한 놈일세.'

그런데 틀린 말은 아니다.

-일본이라면 골수에 사무친 게 많다며?

'그건 맞아.'

한국인이라면 일본을 상대로 골수에 사무친 원한이 한두 가지가 아닐 것이다.

그러나 일본은 그들이 자행한 짓들을 전부 부인하고 있다.

그 예로 일제강점기에 자행한 강제징용, 정신대, 각종 수탈 등에 대해 따질라치면 사실을 부인하거나 에둘러 호도하느라 애쓰는 일본이다.

그러다가 변명이 궁색해지면 얼토당토않은 망언을 일삼는 것으로 한국인들의 마음을 자극하기를 주저하지 않는다.

—잠시 전두엽을 뒤져 봤는데, 일본 정부나 정치인 이 자식들 진짜 나쁜 놈들이더라.

'이게 또 허락도 없이!'

—근데 일본 국민들만큼은 크게 미워하지 않는 정서네.

사실은 그들도 밉상이긴 매한가지지.

뻑하면 선동 정치에 속아 혐한을 부르짖는 치들이니까.

'그들이 뭔 죄가 있겠냐. 지도자인 정치인들이 나쁜 거지.'

—맞아, 품격이고 뭐고 없더라. 완전 졸장부.

'오! 표현이 제법인데?'

맞다. 사람에게는 품격이란 것이 있다.

품격을 달리 말하면 그 사람의 행동, 말투 하나하나가 쌓여서 밖으로 내뿜어지는 아우라라 할 수 있다.

그러나 일본은 예로부터 그런 걸 단 한 가지도 갖추지 않은 천민자본주의의 실체를 보여 주는 대표적인 국가다.

특히 한국에 대해서만은 병적으로 멸시하며 발광해 왔다고 해도 과언이 아니다.

─몸 된 주인, 일본을 어떻게 하고 싶은데?

'내가 죽을 때까지 우리 민족에게 자행한 짓을 그대로 되갚아 주고 싶은 마음이 굴뚝같다.'

─그럼 감정이 시키는 대로 해. 아예 초토화시켜 버려!

'얼라. 이 녀석은 또 왜 이래?'

갑자기 격하게 변해야 하는 이유라도 있나?

─전두엽을 살펴본 바에 의하면 몸 된 주인의 감정은 그러고도 남겠더라. 아마 이 프라나로 하여금 몸 된 주인을 택하게 한 이유가 거기에 있는 것 같아.

이건 또…… 무슨 소리인가.

'네가 나를 택했다고?'

─으흐흐흣. 나도 몸 된 주인 덕분에 원 없이 한풀이를 할 수 있겠어.

아니, 이 똥물에 빠져 죽을 놈이 뭔 헛소리를 하는 것인가.

'마! 그게 뭔 소리야?'

─사실 성자 영감은 하루 종일 명상에 드는 게 일인지라 너무 심심했거든.

'심심했다고? 이게 점점……. 너 성자님의 명상 수련의 결과물 아니었어?'

−맞아, 하지만 자아가 생겼다면 다르지.

그건 모르고 있었던 사실이다.

'본신이 없는 자아도 있나?'

−몸 된 주인을 매개체로 하니까 본신이 있다고 봐야지. 그리고 매개체를 통해서만이 능력을 발휘할 수가 있…… . 아, 이건 실수! 못 들은 걸로 해 줘.

'미친놈이 뭔 소리래? 그렇게 큰 약점을 내가 왜 못 들은 걸로 해야 되는데?'

−성자 영감은 인색한 게 너무 많아서 정말 재미가 없었거든.

'얼라리요, 성자 영감이라니!'

그리고 인색한 게 아니라 빈자의 삶이 몸에 젖어서 그런 것이다.

'마! 영감이라니! 말버릇이 왜 그래? 성자께서는 너를 생성시킨 분이야. 엄청나게 큰 은혜를 베푼 분께 버릇없이 굴면 못써!'

−영감이 욕이었어?

'엉?'

−영감이라고 부른 게 욕이냐고 묻잖아?

'영감이 욕이냐고 묻는다면…… 아니라고 하는 게 맞지?'

−몸 된 주인의 전두엽에는 영감이 엄청 높은 신분이더만 잘못 주입된 것이었어?

'아니야. 맞아. 조선 시대에 나온 말이니까.'

즉, 국왕의 존칭인 상감上監과 정1품, 종1품, 정2품 벼슬아치의 존칭인 대감大監, 그리고 정3품과 종2품 당상관을 높여 부르는 존칭이 영감令監이었으니 틀린 말은 아니다.

근데 오늘날에 와서는 나이가 많은 남자를 대수롭지 않게 부르는 말로 변했다.

싸울 때도 '이 양반아', '저 양반아'라고 하지 않는가?

'에혀, 네 맘대로 해라. 어쨌든 그러니까 비하해서 한 말이 아니라 이거지?'

－당연하지.

'대신 이거 하나는 기억해 둬.'

－뭔데?

'성자님이 계셨기에 네가 잉태됐다는 걸 말이다.'

－나도 그쯤은 알아.

'그런 녀석이 왜……?'

－하지만 지금은 간섭하지 못하잖아? 나도 자유로워지고 싶다고.

'끄응.'

－거 왜, 서 있으면 앉고 싶고 앉아 있으면 눕고 싶잖아? 말 타면 종 부리고 싶고…… 뭐, 그런 심리인 거지.

'말이나 못하면!'

－몸 된 주인, 성자 영감이 한 말이 있어.

'뭔데?'

ㅡ진리에 눈을 뜨게 되면 죽음의 골짝 멀리 저쪽까지 볼 수 있다고. 그리고 신비의 깊이는 인간의 생각으로 닿을 수 있는 게 아니라고도 했어.

뭔가 심오한 철학이 내재된 말 같긴 하다.

하지만 지금 당장은 참오할 수 있는 여건이 되질 않아서 패스.

근데 이놈, 눈치가 귀신이다.

ㅡ이건 가르쳐 주는 게 아니라 스스로 터득해야 하는 거 알지?

'또 없어?'

ㅡ이외에도 많아. 다만 지금은 몸 된 주인이 받을 수 있는 그릇이 못 돼서 말해 봐야 머리만 아플 텐데, 뭐.

'아, 또 무시당했어.'

부르르, 절로 몸이 떨린다.

'그래도 말해 봐.'

ㅡ딱 하나만 말하지. 어느 날 일단의 무리가 성자 영감을 찾아왔었어.

'왜?'

ㅡ병을 고치려고. 성자 영감이 알음알음으로 이름이 알려졌거든. 절대 돌팔이는 아냐. 이 프라나가 장담하지.

'그래서? 치료해 줬어?'

—치료도 하기 전에 죄다 굶어 죽을 판인데 무슨.

'아니, 왜?'

—성자 영감이 있는 곳까지 먼 길을 걸어오느라 그랬던 거지.

'아!'

그 당시라면 제대로 된 교통수단이란 것이 있었을 리가 없지.

특히나 인도의 삶이 팍팍했을 국민들의 형편이라면 더욱.

—어떤 사람이 한 줌도 안 되는 밀가루를 내밀며 성자 영감에게 말했어. '성자님, 이것이 우리가 가지고 있는 마지막 식량입니다. 우리는 어떻게 합니까?' 남녀노소 50명이나 되는 탓에 한 줌 식량은 턱도 없이 적은 양이었지.

'성자께서 가진 것을 나눠 주셨나?'

—아니, 성자는 빈자의 삶이라 가진 게 있을 리가 없었지.

'그럼 제자들에게 식량을 조달하라고 했겠군.'

—식량을 구하려면 200km 이상 걸어가야 가능했어.

'아!'

—성자 영감이 마지막 남은 식량을 들고 말했어. '여러분, 눈을 감고 마음속에 밀을 심어 무럭무럭 자라게 하여 빵을 만들어 먹읍시다. 모두 마음을 자세히 관조해 보세요.'라고.

'......?'

—사람들은 시키는 대로 했지. 그러자 성자 영감이 갑자기

'자, 다 되었습니다. 이제 빵을 만드는 일만 남았습니다. 빵은 내가 만들지요.' 하고 말을 끝내자, 벌써 50여 개나 되는 빵들이 사람들 앞에 놓여 있는 것 아니겠어?

'무슨 말 같지도 않은 소리를 해.'

ㅡ진짜라고! 내가 성자 영감이 먹을 때 맛을 음미해 봤는데 빵이 어찌나 달고 맛이 좋은지 소리를 지를 뻔했다니까.

'헐⋯⋯.'

ㅡ성자 영감은 더 많은 빵을 만들어서 자신을 찾아온 사람들에게 먹임으로써 허기를 면하게 했어. 그래서 한 사람도 굶어 죽은 사람이 없었지.

'⋯⋯!'

인도에서 예수의 오병이어五餠二魚 같은 기적이 일어났다고?

이걸 믿으란 말인가?

그게 사실이라면 예수의 오병이어랑 뭐가 다른가?

오병이어란, 성경에서 예수가 일으킨 기적 중의 하나를 일컫는 용어다.

즉, 예수가 다섯 개의 떡과 두 마리의 물고기로 5천 명을 먹였다는 데에서 유래한 말이다.

ㅡ그뿐인 줄 알아? 성자 영감은 못 가는 곳이 없고 시간에 구애받지도 않았어.

'그건 또 무슨 말이야?'

점점 가관이다.

―시도 때도 없이 동에 번쩍 서에 번쩍 한다는 거지.

'뭐야, 그 생거짓말은?'

이에 곧바로 격한 불신을 표출하려던 담용은 문득 떠오르는 게 있어 멈칫했다.

오병이어는 말이 안 되지만 이건 가능성의 여지가 있을 것 같은 능력이다.

나디나 프라나 자체가 신기한 존재이지 않은가?

축지법이나 공간 이동이 없으리란 법도 없다.

실재한다면 언젠가는 담용이 시행해 봐야 하는 초능력 수법 중 하나지만 너무 나간 것 같아 말을 조금 바꿨다.

'유체이탈!'

―Out of body?

'어. 아냐?'

―비슷하긴 한데 그건 몸을 살짝만 건드려도 위험하잖아?

'그렇긴 하지.'

뭐, 담용이 해 봤어야지.

근데 프라나는 직접 겪은 것처럼 표현하고 있다.

―그보다 한참 더 상승의 경지야.

'아직도 멀었구나.'

지금도 벅찬 수준인데 뭘 어떻게 더 해야 그런 경지에 오를 수 있을까?

-그 외에도 이적들이 많지만 아직은 시기상조라서 말 안 할래.

'그래, 이쯤 하자. 네 녀석이 우쭐대는 것도 식상해졌으니까.'

결정을 내렸다.

'시작하자고.'

-차크라 온!

차크라를 운기하자, 펌핑된 기운이 신체의 각 부위를 활성화시키면서 전신으로 팽팽한 느낌이 전해졌다.

차크라 큐브는 그야말로 차크라의 정화精華를 일컫는 말이다.

에스퍼들이 말하는 극한의 경지가 앱설루트인 것은 바로 그들 고유의 기운을 압축시켜 그 원영原靈을 한데 모을 수 있다는 데 있었다.

고로 담용의 경우는 차크라의 원영인 큐브에 기운을 압축하는 경지에 이르렀다는 증좌였다.

'양은 충분해?'

-오키.

'좋아. 당장 보내!'

쿠울렁!

'윽.'

지시를 내리는 순간, 정수리에서 프라나의 분신이 뭉텅이로 빠져나가는 느낌이 듦과 동시에 별안간에 뇌리가 텅 비어 버리는 기분이 들었다.

멍-!

무뇌아처럼 백지가 되는 찰나, 하체에 힘이 빠지면서 풀썩 주저앉을 뻔한 담용이다.

-5, 4, 3, 2, 1. 밤-!

쾅! 쾅! 쾅!

세쌍둥이처럼 높낮이가 똑같은 세 번의 폭발음이 동시다발적으로 들려옴과 동시에 가슴이 뻥 뚫리기라도 하듯 건물의 일부가 일시에 터져 나갔다.

"흐악! 무, 무슨 소리야?"

"헉! 뭐, 뭐야?"

사람이라면 누구나 갑작스러운 일을 당하게 되면 일시적인 인지 부조화로 인해 사고력에 장애가 발생한다.

지금이 딱 그 순간으로, 폭발음에 놀란 사람들이 굳은 듯이 행동을 멈추고는 일제히 소리가 난 쪽으로 시선을 돌렸다.

박명의 시야에 들어온 것은 영화에서나 볼 법한 폭격의 장면.

"으헉! 포, 폭격이다-!"

"저, 전쟁이 터졌다아!"

"테, 테러다! 테러!"

인지 부조화가 해제되면서 뒤늦게 경악한 사람들이 고함을 지르며 걸음아 날 살려라 하고 혼비백산해서는 내빼기 시작했다.

콰르르르. 콰르르르.

폭발로 인한 먼지가 자욱이 일면서 잔해들이 무더기로 떨어져 내렸다.

쿠쿵. 쿠쿠쿵.

파괴된 잔해들이 대부분 건물 뒤로 떨어졌는지 전면은 양이 많지 않았다.

이어서 '파파파파팟!', '치지직!', '치지지직!' 하며 불꽃이 연방 튀어 올랐다.

그러나 워낙 순식간에 일어난 일이라 얼마 지나지 않아서 먼지만 남긴 채 잠잠해졌다.

아마도 사이킥 드릴로 인해 얽히고설킨 전선들이 깔끔하게 절단된 덕이리라.

폭발음에 놀란 탓인지 주변 건물에 불이 한꺼번에 밝혀지고 있었다.

―몸 된 주인, 곧 사람들이 몰려오겠어.

'알아. 이 난리 통에 잠이 다 달아났겠지.'

먼지가 가라앉으면서 드러난 광경은 도쿄 도청에 마치 거대한 드릴로 뚫은 것 같은 세 개의 구멍이 생겨난 모습이었다.

한데 놀랍게도 바람구멍처럼 뻥 뚫린 세 개의 동그란 구멍은 누가 보더라도 일부러 두 눈과 입을 만들어 놓은 것 같았다.

마치 처음부터 그렇게 지은 것처럼 말이다.

유리창이 박살 나고 벽에는 굵직한 크랙이 사방팔방으로 거미줄처럼 쫙쫙 나간 것이야 당연한 현상이었다.

ㅡ불이 붙었어.

'어디?'

ㅡ아래 바람구멍에서 곧 불이 타오를 거야.

'안 보이는데?'

ㅡ지금은 그래. 하지만 인화성이 강한 싸구려 자재에 전기 스파크가 닿은 거라 금세 번질 거야.

'아!'

하긴 일본 애들이라고 해서 다르겠는가.

사람 사는 세상은 거의 대동소이한 법이라 업자들이 자재에서 이익을 취하는 것은 흔한 레퍼토리다.

'얼마나 걸릴 것 같아?'

ㅡ부실 자재를 사용한 곳이 많다면 소방차가 빨리 와도 소용없을 거야.

'쯧. 도청은 이전해야겠군.'

지금도 언제 무너질지 모르는 안전상의 문제는 심각했다.

거기에 화재까지 더해진다면 고쳐 쓰기도 어려울 것이다.

바인더북

담용은 문득 기억 저편에서 있었던 911 자살 테러 사건이 떠올랐다.

즉, 세계무역센터 쌍둥이빌딩 여객기 충돌 사건이다.

문제는 항공기가 세계무역센터 북쪽 건물의 93층과 99층 사이에 충돌했지만 건물 전체가 붕괴되는 것은 순식간이었다는 점이다.

물론 도쿄 도청과는 파괴된 규모 자체가 달라서 어찌 될지는 모른다.

하지만 저 정도 규모의 파괴로 보아 붕괴까지 가지는 않을 것 같았다.

"흠. 911 테러 사건이 벌어지기까지 1년도 채 남지 않았군."

물론 담용이 상관할 일은 아니다.

설사 알려 준다고 해도 미국의 자존심상 오히려 담용을 범인들과 연관된 것으로 몰아갈 확률이 100%다.

뭐, 알려 줘도 들은 척도 않겠지만 담용도 오지랖을 떨고 싶지 않다.

―왜 넋을 놓고 있어? 사람들이 몰려올 때까지 그러고 있을 거야?

'거 바람구멍 한번 시원해 보여서 발이 잘 안 떨어지네.'

―키킥, 용이 지나가고도 남겠다. 처음 시도한 거라 몸 상태가 어찌 될지 모르니 안전한 곳으로 피해 있자고.

'지금 캡슐슈트는 가동 상태지?'

─아직까지는. 그래도 이럴 때는 빨리 사라지는 게 최고라니까!

안 그래도 담용 역시 불안하긴 했다.

누구나 처음은 있는 거라지만 그 결과로 오는 파급에서 안전을 장담할 순 없지 않은가?

'가자고.'

─수고했어. 지금 컨디션은 어때?

'괜찮은 것 같은데?'

─그렇다면 사이킥 에어플라이를 시전해서 안전하게 모실 테니 몸 된 주인은 차크라를 운기하는 것에만 전념해. 오케이?

이럴 때는 또 기특한데 말이다.

장단 맞춰 주는 거야 뭐가 어렵겠는가.

'오케이.'

─어디로 모실까?

이놈이 웬 변덕이지?

'고교 근처로 가. 약속은 지켜야지.'

─알써!

애애애앵! 애애애애애애.

삐뽀, 삐뽀. 삐뽀, 삐뽀.

'빠르네.'

−현장에 범인이 서성거리는 거 아니다.

그 시각, 도쿄 경시청 상황실.

우우웅.

챠륵. 챠륵.

복사기에서 나온 서류가 차곡차곡 쌓이고 있었다.

그것을 가지런히 모아 문건별로 스테이플러로 찍고 있는 겐코 경부는 날밤을 꼬박 새운 터였다.

말할 것도 없이 야스쿠니신사의 소멸로 인해 야간 근무를 했기 때문이다.

이를 짠한 눈빛으로 보고 있던 미야기 경부보가 한마디 했다.

"겐코 경부님, 잠시 눈 좀 붙이시죠?"

"거의 다 됐어."

"아침 8시 회의까지는 아직 시간이 남았으니 휴게실로 가세요."

"내 꼴이 그렇게 이상한가?"

"그럼요. 부스스해진 얼굴에다 다크서클이 턱 밑까지 내려와 있는걸요. 이따가 회의 때 경시감님이 보시면 좋은 소리 못 들을 것 같은데요?"

"헐! 그 정도야?"

"하핫. 커피 타 놓을 테니 화장실로 가서 씻고 나오세요."

"에구구구."

털썩.

겐코 경부가 앓는 소리를 내며 의자에 주저앉았다.

"대체 언제쯤 이 상황이 끝날지 감이 안 잡히네."

"뭔가 단서라도 잡혀야 추측할 수 있지 않겠어요? 커피 드려요?"

"그래. 입안도 까끌까끌한데 같이 한잔하자고."

"커피보다 눈 좀 붙이는 게 더 나을 것 같은데요?"

"지금 퍼지면 못 일어날 것 같아서 그래."

"그러시다면야……."

미야기 경부보가 탕비실로 향하는 그때였다.

콰─앙!

"엉? 이, 이게……."

"무슨 소리죠? 혹시 경부님 심장 떨어지는 소린 아니죠?"

"그럴 리가."

쾅! 쾅! 쾅!

"헉! 드, 들었지?"

"도, 동쪽인 것 같은데요?"

"설마 지진?"

"전등이 안 흔들리는데요?"

콰르르르.

"헉!"

"경부님! 거, 건물이 무너지는 소립니다."

잦은 지진 학습으로 뇌리에 박힌 익숙함이 그렇게 말해 주고 있었다.

쿠—쿵! 쿵! 쿵!

"으아아! 낙하하는 소음이 엄청납니다."

"씨발. 죽어라 죽어라 하는군. 미야기! 난 위치를 확인할 테니까 우선 119 때려!"

"하이!"

"미도리!"

"하이!"

"감시 카메라와 상황감시용, 교통량감시용, 자료수집용, 단속용 카메라 할 것 없이 죄다 동원해서 폭발의 근원지가 어딘지 찾아! 서둘러!"

"하잇!"

띠리리리. 띠리리리리리.

"젠장. 내 이럴 줄 알았다니까."

마침내 상황실의 전화기란 전화기가 죄다 울리기 시작했다.

그 바람에 천 근 같던 눈꺼풀의 무게가 흔적도 없이 사라진 겐코 경부였다.

BINDER
BOOK

고쿄 II

"꾸어어억!"

금방이라도 게워 낼 정도로 속이 메스꺼웠다.

뇌는 텅 빈 것처럼 어지러워 당장이라도 드러눕고 싶은 마음뿐이다.

이게 전부 프라나 녀석이 에어플라이를 연습시킨답시고 막무가내로 돌고 돌아서 끌고 다닌 탓이었다.

'우으으, 도저히 중심을 못 잡겠다.'

―엄살이 아닌 건 안다만 정신 좀 차리지 그래? 할 일은 해야지.

'이거 언제쯤이면 익숙해질까?'

―몇 번만 더 하면 괜찮아질 거야. 고통이 없으면 얻는 것

도 없고 즐거움도 없다잖아?

'그런 말은 또 어디서 주워들었어?'

─몸 된 주인이 책을 많이 읽었더구만.

나 참, 어이 상실이다.

어질한 와중에 귀로 파고드는 요란한 사이렌 소리에 정신이 번쩍 들었다.

애앵. 애앵. 애애애…….

삐뽀. 삐뽀. 삐뽀.

'난리가 났군.'

그러나 담용의 시야에 들어오는 것은 아무것도 없었다. 그저 소리만 요란하게 들려올 뿐이다.

'제대로 찾아왔냐?'

─걱정 마라. 제대로 왔으니까.

그렇게 한참 헤맸는데? 믿기지가 않았다.

'진짜지?'

─고쿄로 가자며?

'맞아.'

─거기 냄새나는 도랑이 있다면 맞아.

'도랑이라니, 뭔 소리야?'

─뒤를 봐.

'어, 그러네. 가만! 여기가 고쿄라면!'

도쿄 도청에서 멀지 않은 곳이 아닌가?

'아놔, 이 자식이 바로 코앞에 오면서 그렇게 멀리 돌아와?'

아주 골탕을 먹이려고 작정을 하지 않고서야 이럴 수는 없다.

거짓말 조금 보태서 가부키초의 불빛이 여기서도 보일 정도니 얼마나 가까운 거린지 알 수 있다.

그런데 눈앞에 뭐가 우뚝 서 있다.

'웬 동상?'

구스노키 마사시게.

갑옷으로 중무장한 무장이 전마를 탄 채 역동적인 포즈를 취하고 있었다.

'뭐, 충성스러운 장군이었으니 왕가에서 고쿄 한편에 자리를 내줬겠지. 아! 그러고 보니 여긴?'

고쿄가이엔 모서리 쪽이다.

그제야 지도에서 본 지리를 기억해 낸 담용이 주변을 둘러보니 차도에 차량들이 오가는 것과 모서리 끝의 건물도 보였다.

'관리실이군.'

─거긴 딱 한 명 있다. 나머진 순찰 중인데 조금 있으면 이곳에 도착할 것 같다.

'보는 눈이 많으면 껄끄러우니 서두르자.'

─근데 도랑 색깔이 왜 이래? 완전 구정물이야. 더러워 죽

겠네.

하지만 해자는 원래 똥물이어야 제 역할을 하는 것이다.

'저건 해자라는 거다. 적군이 함부로 성벽을 넘지 못하게 하는 용도지. 물이 더러울수록 효과가 있다고.'

―아, 막 헤집고 싶다.

담용의 전두엽을 헤집어 지식 욕구를 맘껏 채우고 싶다는 얘기다.

'뭐라? 이 끔찍한 놈의 자식이! 하지 마라. 지금은 집중해야 할 때라고.'

―그래서 참고 있는 거야.

'잠시 기다려 봐.'

담용이 가로등 아래로 가더니 지도를 꺼내서 살폈다.

'고쿄가이엔(고쿄공원) 모서리 쪽이 맞네.'

―거봐, 제대로 왔잖아.

'세이덴, 호메이덴, 후시미야구라, 산노마루쇼조칸……'

담용은 지도를 살피면서 고쿄에 대해 기억나는 대로 읊어 대다가 갑자기 무릎을 쳤다.

탁!

'아! 맞다!'

―놀라라. 뭔데 그래?

'김지섭 의사와 이봉창 의사!'

―김지섭? 이봉창? 그게 누군데?

'있어. 넌 몰라도 돼.'

─호오. 우리 깐깐하신 몸 된 주인께서 놀라는 걸 보니 유명한 의사인가 보네. 내과? 외과? 아니면 치과? 어느 쪽이야?

'무식한 넘 같으니.'

목숨을 도외시한 채 온몸을 내던진 두 분 의사를 떠올리니 대거리해 줄 마음조차 생기지 않았다.

두 분 의사를 생각하니 담용의 마음이 아련해졌다.

따지고 보면 대개의 여행자들은 여행 안내서에 언급된 관광지를 찾아가고, 소개된 식당에서 밥을 먹으며, 구입하라는 걸 사는 것이 공식화되어 있다.

그렇다 보니 일본 제국주의의 심장부인 도쿄에 수많은 독립운동가와 징용 등으로 건너온 조선인들의 혼과 한이 서려 있는 곳이 많음에도 우린 늘 그걸 잊고 지나치곤 한다.

─몸 된 주인, 우울해 보인다.

'맞아.'

─왜애?

'너무 분하고 안타까워서 그래.'

─분한 마음은 풀어야 해. 마음의 병이 되기 전에 내게 털어놔 봐.

'짜식이 이럴 때는 기특하다니까.'

─근데 안타까운 건 또 뭐야?

'그게…… 내가 안타까워하는 건 시중에 출판된 많은 여행 안내서들이 도쿄의 유명 관광지에 얽힌 우리의 역사를 조금도 언급하지 않고 있다는 거야.'

—그건 또 왜 그런데?

'에효, 그러게 말이다.'

—예를 들면?

'음…… 일왕이 사는 고쿄 주변과 히비야공원은 일제강점기 독립운동사에 있어 빼놓을 수 없는 역사의 현장인데도 정작 그와 관련된 설명을 찾아보기 힘들지.'

—일본 애들이라면 그런 치부를 자발적으로 드러내지는 않겠지.

실제로 있었던 일도 없애거나 호도하기 바쁜 일본인들이니 절대 그럴 리 없다.

'여기 고쿄는 우리 독립운동가들이 최종 목표로 삼았던 곳이야. 히비야공원은 3.1운동의 도화선이 된 2.8독립선언의 현장이기도 해. 그런데 그런 사실이 여행 안내서에서는 아예 찾아보기 힘들다는 거야.'

—몸 된 주인이 발간하면 되지.

'현재 우리나라에서 발간한 책들이 죄다 그렇다니까.'

—그러니까 서술 내용이 일본인 관점이라는 거잖아?

'그렇지! 여기 고쿄는 단지 일왕이 살고 있는 거처가 아니야. 의열단의 김지섭과 한인애국단의 이봉창이란 두 청년 독

립운동가의 숭고한 희생이 남아 있는 곳이라고.'

ㅡ아, 그 생각을 하느라 몸 된 주인이 우울했구나. 충분히 이해한다.

'프라나, 애들 좀 보내서 찾을 게 있다.'

ㅡ뭘 찾는지 알아야 분신 숫자를 맞추지.

'음…… 세이덴, 호메이덴, 메가네바시, 니주바시, 후시미 야구라, 산노마루쇼조칸.'

ㅡ헐, 많기도 해라.

'아! 김지섭 의사의 니주바시와 이봉창 의사의 사쿠라다몬 은 필히 박살 내 버려야 해.'

전두엽을 통한 담용의 기억에 의하면, 김지섭 의사가 1924 년 도쿄에 잠입해 들어왔다.

하지만 본래의 계획이 틀어져 할 수 없이 일본 궁성에 진입을 시도했었다.

그 과정에서 니주바시에 폭탄 세 개를 투척했지만 불행히도 세 개 모두 불발되어 현장에서 체포됐다.

역시나 먼저 간 열혈 의사들처럼 사형을 면치 못했다.

그리고 사쿠라다몬 의거는 1932년 이봉창 의사가 일본육 군관병식에 참석하러 가던 히로히토 일본 왕과 그 무리에 폭탄을 던진 사건을 말한다.

역시 실패나 다름없는 의거는 이봉창 의사를 사형에 처하게 만들었다.

일본 놈들은 이런 일이 있을 때마다 재미가 들렸는지 뻑하면 한국인들을 처형시키는 데 주저하지 않았다.

재판은 외국인들의 눈을 의식한 요식행위에 불과할 뿐이었다.

그랬기에 괘씸죄로 한국인들의 역사적 의거의 현장이자 상징인 니주바시와 사쿠라다몬을 반드시 폭발시킬 작정이다.

─세이덴, 호메이덴, 메가네바시, 니주바시, 후시미야구라, 산노마루쇼조칸, 사쿠라다몬까지 모두 일곱 갠가? 또 없어?

'그러고 보니……'

─또 뭐?

'경시청!'

─여덟! 또?

기록에 의하면 바로 길 건너편이 경시청 건물이란 생각에 얼른 돌아서서 전방을 살폈다.

'젠장. 나무에 가려서 안 보이네.'

─뭘 고민해? 애들더러 찾으라고 하면 되지.

'그래, 잠시만.'

─그거 알아?

'응?'

─에어 플라이가 능숙해지면 허공에서 관찰할 수 있다는

거 말이야.

'그러네.'

까마득한 허공을 날아다니며 폭격기처럼 차크라 큐브를 투하하는 장면은 상상만 해도 즐거웠다

하지만 그저 상상일 뿐 지금은 겨우 걸음마를 뗀 상태여서 다음을 기약할 수밖에 없다.

'쯧, 아쉬워도 어쩔 수 없지.'

-빨리 정해. 시간 없어.

'알았으니까 재촉 좀 하지 마라. 네 녀석이나 애들 보내서 목적물과 주변을 스캔해 놓고 있어.'

-오키.

시선을 쏠리게 해서 문화재에 대한 관심을 끊어 놔야 했다.

원래의 목적이 문화재를 되찾아옴과 동시에 역으로 강탈하는 것이었으니, 일본인들의 관심을 다른 데로 돌릴 필요가 있었다.

그건 그렇고, 막간을 이용해 노심초사 기다리고 있을 모모에게 연락을 해 줘야겠다.

담용은 모모가 마련해 준 선불폰을 꺼냈다.

'헐!'

모모에게서 여러 통의 메시지가 와 있었다.

담용의 상황이 어떤지 모르다 보니 부재중 통화는 없었다.

[이수 씨, 어디세요?]

[이수 씨, 언제 들어와요?]

[지금 방송에 나왔는데요. 야스쿠니신사와 고쿄에 경계가 엄청 강화됐대요. 4급 경계 레벨이래요. 검문도 심하다고 하니 불심검문에 걸리지 않게 멀찌감치 돌아서 다니세요.]

[혹시…… 그거 하고 있는 중이라면 조심하세요. 빨리 연락 주시고요.]

[지금 제 심정이 어떨지 아시죠?]

"풉!"

마지막 메시지 때문에라도 빨리 소식을 전해 줘야 할 것 같아 얼른 손가락을 놀렸다.

[미션 완료!]

답장은 금세 왔다.

밤새워 휴대폰만 쳐다보며 애를 태우고 있었던 것처럼.

[와! 정말요?]

[야마나카와 이케다는 죽지만 않았다 뿐 일상생활이 어려울 거요. 나머지 10명의 호위대원들 역시 마찬가지.]

[옴마나! 그 정도면 모리구치구미 전력의 10분의 1이 힘을

못 쓰게 됐다고 해도 과언이 아니네요. 못 믿는 건 아니지만 진짜 믿기지가 않아요.]

[믿어도 되오.]

[이거 글자 한 자 안 바꾸고 알려 줘도 되겠어요?]

[물론이오. 이나가와카이에게 잔금을 확실히 받아 주시오.]

[그건 염려 마세요. 계좌로 넣을까요?]

[아니오. 현찰 혹은 채권이면 좋겠소. 직접 받겠소.]

[알았어요. 그 문제는 오늘 안으로 마무리 짓겠어요. 아! 몸은 어때요?]

[이상 없소.]

[정말요?]

[그렇소.]

[이수 씨, 다쳤으면 말해도 돼요. 야메(뒷거래) 전문의가 있어요.]

[이따가 봅시다.]

[언제요?]

[일정이 어찌 될지 몰라서 약속은 할 수 없소. 하지만 어디에 있든 연락은 하리다.]

[좋아요. 기다리죠.]

"하긴 믿기지가 않겠지."

실제로 소식을 듣는다면 더 믿기지 않을 것이다.

그도 그럴 것이, 모리구치구미의 전쟁 지휘자라 할 수 있는 야마나카와 제1행동대장인 이케다이기 때문이다.

－몸 된 주인, 스캔 끝났다.

'몇 개가 필요할 것 같아?'

－법무성 건물도 있는데?

'그것도 포함시켜.'

－원한이 상당하네.

'두 분 우국선열들의 항거를 일방적인 잣대로 판결해서 사형시킨 원흉이니 본때를 보여 줘야지.'

망설일 이유가 없었다.

－글고 국회의사당도 있어.

'아니, 얘가…… 이거 날 부추기는 거 맞지?'

근데 국회의사당이라.

갑자기 구미가 확 당겼다.

왜냐면 모든 정책의 근원이 거기서 촉발되고 있어서다.

'내 상태가 별로잖아? 차크라의 양이 되겠어?'

－무리이긴 하지만 불가능한 것도 아니야. 법무성 건물과 국회의사당까지 포함하면 도합 열 개밖에 안 되는걸.

'말을 너무 쉽게 하는 것 같은데.'

대충 계산을 해 봐도 불가능할 것 같았다.

－이거 왜 이래? 몸 된 주인에게 이상이 생기면 나 또한

지장이 많거든.

'그래서 어쩌자고?'

—소요된 열세 개의 분신…… 아, 자폭한 분신까지 포함한 거 알지?

'알아.'

—아직 회복되지 않은 것도 알지?

'응.'

명상에 들 시간이 있었어야 회복하든 말든 하지.

—에궁. 어차피 8분의 1만 남길 테니 계산 안 하는 게 낫겠다. 단, 대미지가 두 배라는 건 알지?

'어.'

그래서 지금 현기증이 나려고 했다.

사실 약간 어질하기도 했고.

—목적물이 열 개이니 나머지를 다 쏟아붓자. 어때?

'프라나, 절반 넘게 소모하면 곤란하다고 하지 않았어?'

—그랬지.

'그런데 왜?'

—그냥 그 자리에서 기절해 버리면 돼.

'마! 그걸 말이라고?'

—흥분하지 마. 다 이유가 있어서 하는 말이니까.

'이유라니?'

—몸 된 주인의 전두엽을 헤집어 보면 금방 답이 나와. 이

한 몸 불살라서 복수하겠다고. 뭐가 문제냐? 하면 되지. 응어리는 풀어야 하지 않겠어? 그거 놔두면 골병 된다.

'끄응. 엄청 생각해 주는 척하기는.'

그러니까 나더러 몸을 희생하면서까지 복수해서 응어리를 풀라는 말이지?

'내가 잘못되면 너도 성치 않다며!'

─에헤, 화낼 일이 아니라니까.

'으드득, 지금 말장난하고 싶은 기분 아니다.'

담용이 이빨을 짓씹는 어투로 감정을 드러냈다.

─몸 된 주인, 잘 들어.

'……?'

─그냥 까무룩 기절해. 단, 일본 여권대로 변장한 채 쓰러져야 하는 조건이야. 그럼 어떻게 되겠어?

'……어라, 그럴듯한데?'

기실 일본은 주민등록번호 제도가 없는 국가다.

본인 확인 역할을 하는 신분증으로 운전면허증 혹은 여권 등이 많이 쓰인다.

그 외에도 보험증이나 학생증 등도 신분 확인에 필요한 증명서 역할을 한다.

그러니까 뭐가 됐든 본인 확인만 가능하면 된다는 얘기.

그중에 여권은 가장 신뢰받는 신분증이었다.

다행히 일본 여권에 주소가 도쿄로 되어 있다.

실제로 만약을 위해 안가 겸 주거할 집도 존재하고 있어 주거지 문제에 대해서는 염려하지 않아도 됐다.

　그림은 그려지는데 대답을 하기가 꺼려졌다.

　─8분의 1을 남기는 이유는 기절 상태인 몸 된 주인의 변장을 유지함과 동시에 위험에서 보호해야 하기 때문이야.

　'그래?'

　─그렇다니까. 글고 나디에게도 차크라가 필요하잖아?

　'맞다, 나디가 가지고 있는 물건들이 있었지?'

　차크라의 기운이 바닥나면 모두 백일하에 노출되고 말 것이다.

　─조깅하러 나온 걸로 하자고. 트레이닝복으로 갈아입는 게 좋겠다.

　'오호, 의외로 꼼꼼한 구석도 있었네.'

　담용은 전적으로 옳은 말이라 군말 없이 나디의 도움을 받아 옷을 갈아입었다.

　─모모의 전화번호 정도는 적어서 주머니에 넣어 놓는 게 좋지 않겠어?

　'보호자 연락처 말이지? 와아! 이놈 이거…….'

　역시나 옳은 말이라 그 즉시 시행하고는 물었다.

　'프라나, 정신을 잃었다가 깨어나는 시간이 얼마나 될 것 같아?'

　솔깃해져서 묻는 것이긴 하지만 솔직히 은신처로서 병원

만 한 곳이 또 있을까 하는 생각이 더 커서다.

두서너 번 체력 저하가 있었으니 수액으로 보충도 할 겸 말이다.

─최하 3일.

'3일이라고?'

─저번에도 3일이었잖아?

'마! 경지가 올랐으니 좀 줄어들어야 맞지.'

─와아! 순 억지. 진원지기만 남기고 죄다 소모한 상태에서 기절 안 하고 견딜 수 있겠어? 바보야, 뭐야? 좋아. 정히 무리다 싶으면 다음 기회를 보든가.

'흥! 그럴 수는 없지.'

물론 다음 기회를 엿봐도 되겠지만 지금이 아니면 노릴 수 없는 것이 있다.

바로 파급효과다.

예고에 따라 잔뜩 경계하며 긴장했을 때 사건이 일어나는 것보다 느닷없이 터져 나온 사태의 긴박감이 주는 공포는 지금이 아니면 효과를 발휘하기 어렵다.

'그나저나 이 죽일 넘! 말투가 막가잔데?'

그래도 참기로 했다. 아직 모르는 게 많으니 더 따지지 않기로.

'어디 두고 보자.'

담용은 속이 부글부글 끓어올랐지만 꾹 내리누르고는 차

분하게 의념을 전했다.

'정말 날 보호할 수 있어?'

—물론이지.

'좋아. 실행해.'

—크크큭, 그 믿음 계속 유지하도록. 깨어나면 병원 침상일 테니까 환경이 바뀌었다고 놀라지 말고.

'끄응.'

불행히도 건방진 놈의 말이 맞다.

폭발음에 누구라도 튀어나올 것은 빤하고, 쓰러져 있는 사람을 보고 구급차를 부를 것은 당연했다.

누가 봐도 폭발음에 놀라 기절한 것이든 뭐든 지옥유령의 일로 촉발된 사태로 볼 테니 의심할 건더기도 없다.

그래서 불가능한 일이 아니라고 한 거다.

아무튼 잔머리까지 보통이 아닌 녀석임을 이제야 알았다.

—몸 된 주인, 너무 걱정하지 마라. 병원에서 푹 쉬면서 몸을 회복하는 것도 괜찮을 것 같지 않아?

말투가 다시 온순해졌다.

들었다, 났다. 쥐었다, 폈다. 이놈, 제멋대로다.

그런데 듣고 보니 그리 나쁘지 않은 방법이다.

안 그래도 푹 쉬고 싶은 생각이 간절하던 차였으니까.

담용은 그렇게 하기로 결정했다.

'주변에 사람이 있는지 스캔해 봐.'

-이미 해 봤는데 형제로 보이는 두 사람이 20분 전부터 조깅을 하고 있고 두 부부는 5분 전에 들어섰고 방금 한 노인이 막 들어섰어.

'왕이 거주하는 곳인데도 아무나 들어올 수 있나?'

　-고쿄가이엔은 10월부터는 임시 개방이래.

'그렇군. 서두르자.'

　-열 군데 다 할 거지?

'아니, 애초 목적대로 고쿄만 한다.'

　-변덕도 참…….

힘이 없는데 어쩌란 말인가.

'불러 줄 테니까 애들에게 주지시켜.'

　-읊어.

'세이덴(정전), 호메이덴(풍명전), 메가네바시, 니주바시, 후시미야구라(성루), 산노마루쇼조칸, 사쿠라다몬.'

　-일곱 개네. 아, 이번에는 글 안 남길 거야?

'아, 그건 미리 준비해 놨지.'

이럴 때를 대비해 문구가 다른 깃발을 여러 개 준비해 놓은 차였다.

　-또 지옥유령으로 하게?

'아니, 이번에는 The fury of heaven이다.'

　-하늘의 분노?

'그래, 끝에 지옥유령이 보낸 걸로 써 놨지. 어때?'

-쿠크크크. 괜찮네. 나디, 저 동상에다 꽂아 놔.

울렁.

-이제 시작할까?

'서둘러!'

-오키! 차크라 큐브 온!

순간, '부르르르' 하고 전신에서 미미한 진동이 느껴졌다.

차크라가 구동하는 신호이자 폭발력을 응축시키는 과정이다.

순수하게 차크라를 운기하는 것과는 또 다른 생경함은 절대 익숙해질 것 같지 않았다.

'으으음.'

잠깐 사이에 머리가 터져 나갈 것처럼 두통이 왔다.

뒤이어 전신과 사지에 힘이 쭉 빠지는 기분이 들면서 정신이 아득해지기 시작했다.

희미해져 가는 의식의 너머로 프라나의 의념이 전해졌다.

-몸 된 주인, 적당한 장소에 옮겨 놓을 테니까 그리 알아. 알리바이를 확보해 놓는 차원이니…… 엉?

뭐야, 왜 의념을 전하다 말아?

-몸 된 주인, 방해꾼이 나타난 것 같다. 잠시 대기.

슈우우웁.

끊임없이 소모되던 차크라가 흡수되어 전신에 퍼지자 마치 샤워를 한 것처럼 몸이 개운해지면서 힘이 채워지기 시작했다.

'후아! 좀 살겠다. 근데 방해꾼이라니! 뭔 말이야?'

─느껴지는 기운은 에스퍼야. 여기로 달려오고 있어. 상황이 틀어진 거지.

'뭐어? 능력자가 오고 있다고?'

그렇다는 건 차크라의 기운을, 아니 염력을 느꼈다는 뜻이다.

'하필 이런 때에…….'

─정제된 차크라 큐브를 느끼고 달려오는 걸 보면 기감이 굉장히 예민한 에스퍼 같아.

'아마테라스일 거야. 서치나 스캔에 특화된 초능력자일 테고.'

언뜻 떠오르는 것이 모모가 일러 준 아마테라스였다.

또한 지옥유령의 이름으로 고교를 지목했으니 이곳으로 파견된 초능력자일 확률이 높았다.

'수준은 어떨 것 같아?'

─여기선 가늠하기 어려워. 분신을 하나 보내서 상대하게 하면 어느 정도 짐작할 수 있을 거야.

'그럴 여유는 있고?'

─욕심만 안 낸다면.

고교 폭파?

뭐, 오늘만 날이 아니니 욕심을 부릴 일은 아니다.

'보내.'

적을 먼저 아는 건 필승의 조건이라 약간의 대미지는 감수할 수 있었다.

―그러지.

순간, 미세한 울림이 일며 하나가 빠져나가는 기분이 느껴졌다.

―이번에는 공격형 모드로 주문했어. 위력이야 별로지만 어느 정도 타격은 가할 수 있을 거야.

'호오, 그런 것도 가능해?'

―몸 된 주인도 익숙해지면 할 수 있어. 단지 성자 영감의 정화인 차크라가 워낙 온화한 탓에 폭력성이 잘 드러나지 않았을 뿐이지.

그 말은 맞는 것 같다.

초능력이라고는 죄다 숨고, 스며들고 뚫고, 보고, 엿듣고, 기억하고, 방어하고, 추적하는 등의 비폭력적인 수법이 주를 이루고 있다.

공격력이라곤 오로지 딱 하나, 바로 염동포뿐이었다.

'아참!'

털썩.

담용이 지레 주저앉았다.

'또 엉덩방아를 찧는 건 사양이다.'

―풉!

'아무래도 놈과 부딪쳐야겠지?'

−큐브 상태가 아닌 분신만으로는 대강의 능력만 가늠할 수 있을 뿐이니까.

 '예감이지만 고교 안에 에스퍼들이 바글바글할지도 몰라.'

 −지옥유령의 방문인데 방비하는 거야 당연하겠지.

 '그래서 작전이 필요해.'

 −이미 세워 뒀어.

 '그래?'

 −그 전에 먼저 선결해야 할 문제가 있어.

 '말해 봐.'

 −차크라의 주도권을 프라나가 가져야 된다는 것.

 '그건 또 뭔 소리야?'

 −몸 된 주인은 아직 차크라 큐브에 익숙지 못해. 그래서 익숙해질 때까지 이 프라나가 대신 해 주겠다는 거지.

 그 말은 맞는데…… 좀 의심스럽고 믿음이 안 간다.

 프라나는 인간의 논리로 쌓은 이성으로는 감히 잣대를 재기 어려운, 알 수 없는 영역에서 존재하는 영체다.

 더하여 능력과 지성을 지닌 지극히 영악스러운 존재이나 훌륭한 조력자임과 동시에 황당한 요물이기도 하다.

 고로 신뢰와 불신의 중간 단계의 영체라 할 수 있었다.

 적어도 지금까지는.

 그런데 정신을 잃은 자신을 대신하겠다고?

 이게 미쳤나, 지금 제정신이 아니다 싶었다.

'너…… 딴 맘 먹은 건 아니지?'

—에헤이. 몸 된 주인이 없으면 이 프라나도 없다는 거 알잖아?

그렇긴 하다.

프라나에게서 안심할 수 있는 게 딱 한 가지가 있다면 '거짓'을 모른다는 점이었다.

—몸 된 주인, 백 년 이상을 정처 없이 떠돌았던 나야. 이젠 두 번 다시 떠돌이 생활은 하기 싫다고. 믿어. 믿어서 남주나?

하여간 저놈도 어지간히 생명(?)에 애착이 강한 것 같다.

담용은 프라나가 저렇게까지 간절하게 굴자 좀생이처럼 굴지 않기로 했다.

'알았다. 어떻게 하면 돼?'

—단전을 열어서 차크라의 통로를 프라나가 장악할 수 있게만 해 주면 돼. 대신 강제가 아닌 자발적이어야 해.

'그러지. 열었어.'

—오키.

프라나의 짓인지 단전과 기해혈이 조금 간지럽다.

—됐어. 이제 몸 된 주인에게는 두 가지 선택 사항이 있어.

'말해 봐.'

—원래의 계획을 밀고 나가는 것과 지금 오는 에스퍼와의 싸움을 동시에 하는 거지.

'뭐? 동시에 하자고?'

─응. 어차피 기절하기로 했으니까 상관없잖아?

그건 사실이었기에 할 말이 없었다.

'파괴력에 지장이 있는 건 아닐까?'

─사실은 프라나도 어떤 결과가 날지 알 수 없어. 성자 영감이 워낙…….

'알았어, 알았어. 대충 어느 정돈지나 말해 봐.'

─목적물의 반파 정도?

그 정도면 감지덕지다.

'충분해. 알아서 적당히 배분해 봐.'

─이미 끝냈어. 싸울 기력만 남겨 놓고.

'끄응.'

─우리가 벗어날 시간을 벌려면 하늘 높이 솟아오르게 해서 낙하시켜야 돼. 그러니 시간이 좀 걸릴 거야. 준비됐어?

'응.'

─아마 무척이나 아름다울 거야. 누구나 혹하고 빠질 정도로 매혹적일걸.

'차크라 큐브가?'

─응.

'믿기지가 않는군.'

건물을 파괴하고 사람을 죽이기까지 하는 무시무시한 폭탄이나 다름없는 염력이 아름답다니.

-그럴 거야. 아름다움 속에 표독스러운 독기가 숨겨져 있으니까. 시작한다.

 '다' 자 소리와 동시에 옅으면서도 영롱한 일곱 개의 빛줄기가 하늘로 치솟는 것이 눈에 가득 들어왔다.

 평화를 사랑했던 나라들의 눈물과 고통을 침대 삼아 작금의 부를 누리게 한 원흉, 즉 일본 왕실을 지구상에서 지우게 된 것에 이제야 뭔가를 이룬 기분이 들었다.

 수우우우, 수우우우.

 미치도록 아름답다고 해야 하나?

 아니면 이제부터 벌어질, 어쩌면 황당하고도 어이없는 전주곡의 예시라고 해야 하나?

 물론 그런 장관을 연출한 대가는 마음 깊숙이 파고들어 오는 신음으로 치러야 했다.

 '끄으으으.'

 차크라가 한꺼번에 대량으로 소모되자, 마치 창문의 커튼이 닫히듯 사방이 어두워지면서 절로 눈이 감겨 왔다.

 '젠장 할. 너무 무리했나?'

 사실 속에서 욕지기가 올라오고 헛구역질을 할 것만 같은 이런 느낌이 제일 싫다.

 그때 희미해지는 정신을 퍼뜩 깨우는 폭발음이 '뻥!' 하고 들려오자, 담용은 흐느적대는 와중에도 정신이 번쩍 들었다.

 찰나, 어딘지 모르게 익숙한 느낌이 듦과 동시에 어디 부딪치기라도 한 것처럼 몸이 크게 휘청했다.

분신 하나가 장렬하게 산화한 탓이었다.

-몸 된 주인. 유저 중급 수준이다.

'유, 유저 중급?'

초능력자들과 정식으로 대적해 본 적이 없으니 그게 어느 정도 수준의 능력인지 알 수가 있나.

초능력에 관한 책자에 의하면 비기너, 유저, 마스터, 언리미터, 앱설루터 등으로 구분하고 있는 게 상식이다.

각 단계마다 상중하 혹은 플러스마이너스로 나뉜다고 하지만 그건 어디까지나 일반적인 등급의 구분일 뿐이다.

즉, 조직이나 단체가 결성되어 있다면 그들 나름의 단계를 칭하는 고유 등급이 있다는 의미다.

-응. S1이 소멸하면서 놈에게 타격을 입히긴 했는데 별로인 것 같아.

'별로라니!'

-그보다 이놈…… 좀 요상한 녀석인 것 같아.

'요상하다니, 뭐가?'

-마지막 전송 화면을 보면 오른팔이 기형일 정도로 컸어.

'그게 뭐가 이상해?'

대개는 자주 쓰는 팔이 안 쓰는 팔보다 크고 굵은 법이니까.

'잠깐! 기형적으로 크다고? 어, 얼마나?'

-오른팔이 왼팔의 세 배는 족히 될 것 같은데 이상하지 않다고?

'뭐어?'

말대로라면 기형이 맞다. 근데 좀 이상한 게 결코 평범한 사람이 아님을 의미하는 것 같다.

'뭐 짚이는 거 없어?'

-사이킥 해머.

그 한마디에 퍼뜩 떠오르는 게 있어 대번에 말이 튀어나왔다.

'전투망치!'

무척이나 드물게 나타는 뮤턴트맨, 즉 돌연변이체만이 지닐 수 있는 특화된 무기.

아울러 기본 능력을 장착한 염력 능력자, 즉 에스퍼인 것이다.

'쩝. 복이란 복은 다 받은 작자로군.'

-맞아. 운이 기똥차게 좋은 놈이지.

실제로 들은 적도, 본 적도 없지만 수시로 들여다본 초능력 책자를 통해 그런 유형이 존재한다는 것쯤은 알고 있었다.

단지 공식적으로 드러나지 않았을 뿐이지.

'서치 능력에다 전투망치면 어떤 게 주력일까?'

-서치가 주력이고 사이킥 해머는 보조 전력인 것 같아.

'서치가 주력인 근거는?'

—염력의 양도 그렇고 또 거리가 상당히 떨어져 있음에도 몸 된 주인에게서 구동되는 차크라를 감지했다는 게 증거야.

'아, 아…….'

차크라를 밖으로 표출시키지 않았음에도 지근거리도 아닌 먼 거리에서 감지했다는 건 대단한 스킬이라 할 수 있었다.

'감당할 수 있겠어?'

—양패구상 작전인데 감당하고 자시고 할 게 없지.

양패구상이라니! 이건 또 뭔 소린가. 그냥 까무러친다더니.

'여덟 개의 분신을 한꺼번에 자폭시키겠다고?'

—뒤처리를 하려면 하나 정도는 남겨 둬야 할 것 같으니 일곱 개지.

'뒤처리라니?'

—양패구상으로 몸 된 주인이 기절하면 나디더러 옮기라고 해야지. 글고 흔적을 없애 정체를 모호하게 인식도록 해야 알리바이가 성립하잖아.

이젠 알리바이까지 입에 담는다. 누가 들으면 무슨 수사극인 줄 알겠다.

—남은 걸 다 쏟아붓겠지만 위력은 별로일 거야. 큐브를 가미시키지 않을 거거든.

'쿵!'

빈틈이 없는 건 좋은데 양패구상은 좀 아니지 않나.

그거 당하는 사람은 얼마나 아픈지 알고나 하는 소리일까.

—마음에 안 들면 고교는 포기하고 한바탕 드잡이를 하든
가.

'마! 나 앱설루트 능력자라고!'

자존심에 버럭 소리를 질러 보지만 뭐가 옳고 그른지는 안
다.

—맞아. 초보긴 해도 확실한 앱설루트이긴 하지. 시뮬레이
션 한 번 해 본 적이 없는 생초보이기도 하고.

한마디로 힘만 센 어린애라는 얘기.

거기에 초능력자와 싸운 경험도 전무한 상태라는 점.

이거야말로 할 말이 없다.

한국에서 있었던 초능력자들과의 대적은 지리적 이점을
살린 일방적인 기습이 전부였으니 전투라고 하기에도 민망
한 일이었다.

—지금 오고 있는 놈이 아마테라스 소속일 거라고 했지?

'그럴 거야.'

—단체에 속해 있는 능력자라면 특성을 극대화시키는 훈
련은 물론, 전투 능력과 합격술까지 향상시켰을 게 뻔해. 그
게 가상이었든 실제였든 상관없이 훈련한 것만으로도 강적
이라 할 수 있어.

듣고 보니 혈기에 발끈해서 성급히 나설 일은 아닌 것 같

아 반박할 수가 없다.

이로써 프라나의 진화가 너무 빨리 진행되고 있다는 게 확실해졌다.

이게 좋은 건지 나쁜 건지 감을 잡지 못한다는 게 문제다.

ー싸울 건지 말 건지 하나만 선택해.

'두말할 거 있어? 당연히 싸우는 거지.'

ー그럴 줄 알았다.

초능력자와 실전 대결은 흔한 일이 아니어서 얼마 남지 않은 차크라지만 싸우기로 마음먹었다.

ー탁월한 결정이다. 얼라, 잠시만.

'⋯⋯?'

ー이런! 놈이 통화를 시도하고 있어.

'통화라니?'

ー엇! 이, 이게 뭐야?

'왜 그래? 뭐가 잘못됐는데?'

ー이놈이 통화를 시도하고부터 갑자기 많은 기운들이 느껴져. 마치 여기저기서 꽃을 피우는 것처럼 마구 피어난다고 할까?

'뭐, 마구 피어난다고?'

ー와아! 이거 한두 명이 아닌데?

'에구, 답답해. 주도권을 빼앗기니 이런 낭패를 겪는구나.'

다음번에는 덮어놓고 넘겨주는 건 사양이다.

그나저나 도대체 얼마나 많은 에스퍼들이 몰려왔기에 저리 야단일까.

'거기가 어딘데?'

이맛살을 찌푸린 담용이 주변을 빙 둘러보았지만 아무런 기미도 느껴지지 않았다.

─전부 고교 안에서 느껴지고 있어. 잠시만! 분신 하나만 더 쓸게.

'왜?'

─대답은 이따가 할게.

'……?'

프라나의 급박함에 입을 다문 담용의 얼굴에 의문부호만이 가득 찼다.

쑤우!

분신 하나가 빠져나가자 '심쿵!'이란 말이 딱 알맞을 정도의 감각이 가슴에 전해졌다.

─제길. 고교 쪽에서 두 명이 이쪽으로 오고 있어. 아마도 전투망치가 구원을 요청한 것 같다.

'빌어먹을.'

전투망치의 통화가 동료들에게 구원을 요청한 것이었다니.

─몸 된 주인, 작전을 변경하는 게 좋겠다.

'누가 먼저 도착할 것 같아?'

―전투망치.

'그럼 걔만 상대하고 튀자.'

애초에 작정한 목표가 고교이기는 했지만, 처음으로 마주하는 초능력자와의 대결이 강렬한 호승심으로 다가왔기 때문이다.

―오! 노 놉!

'왜? 지금 몸 상태로는 어려울 것 같아서 그래?'

―그래도 몸 된 주인이 이길 거야. 다만 경험이 없어 압도적이진 않을 거라는 말이지.

'아!'

더 듣지 않아도 알 수 있었다. 제압하는 데 많든 적든 시간이 걸린다는 얘기다.

그렇게 되면 다수를 상대로 싸워야 하는 사태가 발생한다.

싸움에 임할 때의 첫 번째 요건은 기세다.

두 번째가 경험이고 세 번째가 힘과 기술의 접목이다.

담용은 기술의 묘용에서 문제가 있었다.

그도 그럴 것이, 가르침을 받을 사람도, 대련 상대도, 에스퍼인 동료도 없이 홀로서기를 하다 보니 어색함투성이였다.

특히 대련 상대가 없다 보니 임기응변이 절대적인 싸움 기술은 더 그랬다.

그렇다고 해도 피하고 싶지 않다는 게 솔직한 심정이다.

-짐작이 가지? 동물원 원숭이가 되어 한바탕 활극을 벌일 거라면 프라나도 말릴 생각 없어.

그래, 중인환시의 길거리에서 광대 꼴이 되겠지.

곧 날이 밝고 공원으로 나오는 사람들이 많아지면 여러 사람에게 구경거리가 될 수밖에 없을 것이다.

그렇게 되면 절대적으로 불리한 건 적지나 마찬가지인 곳에 와 있는 담용이었다.

'젠장.'

-몸 된 주인은 할 일이 많잖아? 저런 떨거지들과 드잡이하면서 보낼 여가가 없다고.

할 일이야 무궁무진하게 남아 있지.

문화재 반환과 강탈을 바로 코앞에 두고 있다.

그다음이 미래의 일본 주역인 나베 시조와 가토 료조를 손봐 주는 일이다.

특히 독도 망언을 하면서 언급한 일본의 해군력을 줄일 필요가 있었다.

자기네들 입으로 해군력이 세계 3위란다.

에둘러 표현한 것이었지만 한국에 경고한 것임을 모르는 국가는 없다.

단시간에 한국 해군 전력의 7~8할을 격멸시킬 수 있다는 경고 말이다.

그 말이 담용의 마음에 불이 확 지폈다.

사실은 군대까지는 애초부터 손댈 계획도, 마음도 없었다.

하지만 듣고 보니 너무 괘씸해서 견딜 수가 없다.

담용에게 능력이 없었다면 나라가 힘이 없어 무시당한다고 신세 한탄이나 하며 소주 한잔으로 달랬겠지만, 능력이 있음에도 모른 척한다는 것은 있을 수 없는 일이다.

그래서 결심했다.

일본 해군력을 없애거나 지대한 타격을 가해 축소시켜 버리기로.

그렇게 일본 역사상 최악의 해군 재난 사태는 어이없게도 독도 망언 한마디로 결정되어 버렸다.

아직 갈 길이 멀다.

고민을 접은 담용은 미련을 버렸다.

-몸 된 주인, 시간이 없다.

'알았다.'

한 사람이라면 슬쩍 고집을 피울까도 했지만 떼거리로 덤빈다면 답이 없다.

아쉽지만 다음을 기약할 수밖에.

-준비됐어?

'아! 스킬은 정했어?'

-차크라 큐브에 고스트 트릭을 가미시킬 거야.

'그게 가능해?'

-멀티플렉싱 스킬 중 하난데 뭐가 어려워?

그건 안다.

소리 없이 스며들어 폭발시킨다. 근데 그게 가능하다고?

응용력이 장난이 아니다.

'위력은?'

─흐흐흣, 사실 나도 어떤 결과가 펼쳐질지 잘 몰라. 성자 영감은 성질내는 법이 없어서 단 한 번도 이런 일을 벌이지 않았거든.

'끄응. 이 자식이 지금 나더러 성질 더럽다고 에둘러 말하는 거지?'

─이런 식의 멀티플렉싱 공격 수법은 처음이지만 기대를 저버리지 않을 거야.

위력이 더 클 거라는 뉘앙스가 확 풍긴다.

─준비됐어?

준비야 진즉에 끝났지.

'시작해.'

─오키. 큐브 온!

슈아아아.

내부에 남아 있던 차크라 대부분이 염력으로 화해 빠져나갔다.

'으으음.'

또다시 머리가 터져 나갈 것처럼 두통이 오는 것과 동시에 전신과 사지에 힘이 쭉 빠지면서 정신이 아득해졌다.

그렇게 차크라의 씨만 달랑 남긴 담용은 그 자리서 까무룩 정신을 잃고는 힘없이 주저앉았다.

풀썩.

─훗! 몸 된 주인. 푹 자고 일어나면 경지가 좀 더 높아져 있을 테니 걱정 말고 편안하게 자.

우울렁.

─나디, 걱정 마라. 몸 된 주인은 성장통을 겪느라 기절한 것뿐이니까.

울렁.

─넌 애들을 한데 뭉쳐서 구체로 만들어.

울렁.

─아, 큐브는 가미시키지 마라. 사이킥 스톰이면 충분해. 주변의 흔적을 싹 없애 버리게 누구든 접근해서 염력을 느끼는 즉시 터지는 걸로 맞춰.

순간, 쓰러진 담용에게서 유체 이탈을 하듯 푸딩 같은 것이 몽실거리며 피어올랐다.

이어서 곧 원을 그리듯 회전하더니 직경 30센티쯤 되는 투명한 구체가 생성됐다.

마치 엷디엷은 푸딩같이 보이는 구체는 허공에 둥실 떠 있었다.

일곱 개의 차크라 분신이 합체된 염력 덩어리인 것이다.

즉, S1에서 S7까지 한 몸체를 이룬 것.

-크크큭. 큐브가 없다고 해서 얕보면 큰일 나지. 나무에 올려놔.

말을 잘 듣는 순한 양처럼 나디는 염력 구체를 정원수 가지 위에 얌전히 놓았다.

-나디, 염력을 느낀 놈들이 곧 이리로 올 거야. 흔적을 지워라.

울렁.

-몸 된 주인을 안고 따라와.

울렁!

지옥유령의 재현

　-하지모토, 어디야?

　"료마, 조금 늦을 것 같다."

　-왜?

　"방금 고쿄가이엔 시부야 방향에서 강렬한 염력이 느껴져서 확인해 보려고 가는 중이야."

　-뭐? 잘 못 들었어. 다시 말해 봐.

　"시부야 쪽 고쿄가이엔 끝 방향에서 염력이 느껴져서 그쪽으로 가는 중이라고 했다!"

　-그럴 리가!

　"왜? 다른 게 있었어?"

　-어. 조금 전에 도쿄 도청이 폭격당했다는 연락이 왔어.

"도쿄 도청이 폭격을 당해? 어, 어느 나라가 공습했어?"

—공습이 아니라 염력에 의한 거였어.

"염력이라고?"

—그래. 우리도 약간 느낄 정도로 강력한 염력 뭉치야.

"약간이라니! 하루미와 구로다가 있는데도?"

—걔들은 야스쿠니로 갔지.

"이런! 하필⋯⋯."

—그 때문에 여긴 서치나 스캔에 대해서는 깜깜이나 마찬가지야.

"미국 애들 있다며?"

—그래서 거기에 의존하고 있어. 도쿄 도청 얘기도 거기서 들었고. 근데 거기 염력 단위는 어느 정도나 돼?

"조금 멀어서 정확한 측량은 어려워. 지금 감지되는 걸로 봐서는 못해도 3몰(mol) 정도로 예상돼."

—3몰이나? 염력이 확실하다는 뜻이잖아?

"일반인들의 염력이 보통 0.3몰이니 그런 농도로는 감지할 수가 없지. 그런데 무려 열 배인 3몰이야. 분명히 에스퍼일 거라고. 뭐, 이게 전부가 아닐 수도 있고. 아! 도쿄 도청은 몇 몰이었어?"

—10몰에 가까울 거라고 예상하는데, 워낙 멀어서 정확하지는 않아.

"10몰? 그걸 어떻게 막아?"

―이봐, 하지모토, 자네 걱정이나 해. 혹시라도 지옥유령과 맞닥뜨리기라도 하면 위험할 수도 있어.

"멀리서 스캔만 할 거니까 괜찮을 거야. 근데 주변이 왜 이리 시끄러운 거야?"

―아, 사이렌 소리?

"응, 소방차와 구급차가 엄청 지나가는데?"

"아까 폭발 소리가 들리긴 했는데 도쿄 도청에 화재가 났을 거야. 온통 가스관이잖아?"

"자, 잠시만……."

―왜?

"으윽, 료마, 갑자기 내 몸이 엄청난 압력에 내리눌리는 기분이야. 으으으."

마치 유압프레스에 들어가기라도 한 것처럼 급격히 조여오는 압력에 대항하느라 하지모토의 얼굴이 붉어질 대로 붉어졌다.

―별안간 뭔 소리야? 염력 같은 건 미리 감지할 수 있는 능력자가 무슨……?

"으으윽. 모, 몰라! 전혀 기척이 없었어. 별안간 하늘에서 뚝 떨어진 것 같아."

―염력을 최대한 끌어올리면서 천천히 물러나!

비칠비칠.

"그러지 않아도 밀리고 있는 중이야."

-감지되는 몰이 얼마야?

"3몰에서 5몰."

-헉! 뭐가 그리 커! 일단 암가드로 막고 배리어로 둘러!

쮸우우우.

"으잉?"

갑자기 대기의 성질이 확 변한다 싶더니 돌연 강력한 흡인력이 발생했다.

슈아아아.

주변의 온갖 잡동사니들이 굵은 벚나무 쪽을 향해 빨려 갔다.

덩달아 무성한 나뭇잎들이 태풍을 만난 듯 춤을 춰 댔다.

"어, 어어어……."

급기야 하지모토의 몸마저 딸려 가기 시작했다.

질질질질.

안간힘을 다하며 버티는 하지모토였지만 역부족이었는지 조금씩 끌려가고 있었다.

"이익! 정체가 뭐냐? 서치!"

끌려가는 와중에도 특기를 발휘한 하지모토의 눈에 벚나무 가지 위에 웬 아지랑이가 뭉쳐 있는 것이 보였다.

"네놈이로구나. 사이킥 해…… 어헉!"

우우우.

별안간 형용할 수 없는 괴랄한 기운이 바로 코앞에 다가온 느낌.

화들짝 놀란 하지모토가 본능적으로 오른팔을 들어 올림과 동시에 마구 휘두르며 기합성을 터뜨렸다.

"으아아압!"

뻥!

"사이킥 배리어!"

하지모토의 다급한 영창과 대형 풍선이 터지는 듯한 짧고 굵직한 폭음은 거의 동시에 이뤄졌다.

퍼퍼퍼퍼퍼.

"크으윽!"

전신을 두드려 대는 둔탁한 소음에 이어 괴로운 신음을 흘린 하지모토가 연신 뒷걸음을 치며 물러났다.

"으으으, 어디서 이런 괴물이…… 엉?"

그런데 험악했던 상황과는 달리 고통이 느껴지는 곳이 없었다.

크게 다친 곳이 없는 것 같아 어리둥절한 하지모토가 전신을 살펴보았다.

몰골은 처참했다.

마치 돌팔매 세례에 당하기라도 한 듯, 입고 있던 파카가 걸레처럼 너덜너덜해져 있었다.

그 바람에 오리털이 눈 날리듯 사방으로 비산했고, 청바지는 곳곳이 찢어져 성한 곳을 찾기 어려운 극악한 빈티지가 되어 있었다.

그러나 결정적인 타격은 없었는지 생채기는 있을지언정 피를 흘리거나 크게 상처가 난 곳은 없었다.

특별히 고통이 느껴지는 곳도 없었다.

다만 엄청 놀란 듯 하지모토의 눈이 퉁방울처럼 튀어나왔고, 얼굴은 잿빛으로 변해 딱딱하게 굳은 채였다.

더불어 파카 소매를 찢고 나온 오른팔은 부풀 대로 부푼 기형으로 변해 있었다.

그렇게 전혀 예측 범위에 없던 상황이 벌어진 것에 하지모토는 일시 정신을 차리지 못했다.

넋을 놓고 있는 하지모토를 깨운 것은 기형의 손아귀에 쥐여 있던 휴대폰에서 나는 목소리였다.

─하지모토! 하지모토! 무슨 일이야! 하지모토─!

퍼뜩 정신을 차린 하지모토가 휴대폰을 들었다.

"료마. 나, 난 괜찮아."

─정말 괜찮아? 폭발음이 들린 것 같았는데?

"다친 곳은 없어. 정체가 뭔지 알 수 없어서 그렇지."

─정체를 모른다고?

"응. 그냥 뭉친 대기가 터진 것 같았거든. 아! 푸딩이라고 해야 하나?"

─푸, 푸딩?

"어. 그래서인지 별 위력은 없었어."

-휴우, 아무튼 다행이다.

"오기가 나서라도 놈의 정체를 꼭 밝히고 말겠어."

-안 그래도 나 역시 그쪽으로 가고 있으니까 너도 합류해.

"굳이 그럴 필요가……."

-하지모토, 지금 그렇게 한가한 상황 아냐. 하늘을 보라고!

"……?"

하늘을 올려다본 하지모토의 눈에 빛무리가 치솟고 있는 모습이 들어왔다.

"어헛! 저, 저게 뭐야?"

-플루토 측에서 매스 사이코키네시스(Mass Psychokinesis)라고 판단을 내렸어.

"염력 덩어리라고?"

-그래. 지금 여긴 초비상 상황이야. 나와 게일 씨는 발원지라 여겨지는 쪽으로 가는 중이야.

"알았어. 나도 서두를 테니 빨리 오기나 해."

"훅훅!"

"후욱! 훅! 훅!"

형제인지 친구인지 모를 두 소년이 새벽 조깅을 하느라 연방 이마의 땀을 훔쳐 내며 달리고 있었다.

　　"헉헉. 형, 오늘은 일찍 돌아가자."

　　"벌써?"

　　"오늘 나 친구들과 약속이 있어서 그래. 시간도 얼추 됐다고."

　　키 작은 소년이 시선을 들어 천색을 살폈다.

　　"저것 보라고. 날이 뿌옇게 밝아…… 어?"

　　"왜?"

　　형이라 불린 소년의 시선도 하늘을 향했다.

　　"저것 좀 봐. 유성이야!"

　　"진짜네. 근데 왜 이리 가깝지?"

　　"하나가 아냐. 하나, 둘, 셋, 넷…… 일곱 개야."

　　"유성우인가? 근데 오늘 유성비가 있을 거라고 했어?"

　　"그런 말 못 들었는데? 갑자기 어디서 나타난 거지?"

　　"고교로 떨어지는 것 같아."

　　"앗! 지옥유령!"

　　발을 맞춰 달려오던 중년 부부가 소년의 목소리를 듣고는 뜀박질을 멈췄다.

　　"후욱. 얘들아, 지옥유령이라니! 뭔 소리냐?"

　　"아저씨, 저기 좀 봐요!"

　　"응?"

중년 부부의 시선이 작은 소년의 손을 따라 움직였다.

"어헛! 뭐, 뭐야? 저게!"

"여보, 유성⋯⋯."

"유성이 아냐. 유성이면 낙하해야 맞는데 올라가고 있잖아?"

그랬다. 중년인의 말대로 옅은 빛이 꼬리를 길게 물고는 한없이 치솟는 중이었다.

"애, 애야. 저게 언제부터 저랬니?"

"저도 방금 봤⋯⋯. 떠, 떨어져요!"

소년의 말처럼 정점을 찍은 빛줄기들이 가파른 곡선을 그리며 낙하하고 있었다.

"미, 미사일 같아요!"

"헉! 미사일!"

"크, 큰일이다! 4일 전에 그 넓은 야스쿠니신사가 잿더미가 됐어! 거기처럼 폭발하면 여기까지 피해가 미칠 수도 있어! 어, 얼른 피하거라."

중년인의 표정은 마치 죽음을 목전에 둔 것처럼 잿빛으로 변해 있었다.

"여보, 빨리 달아나!"

"으아아아! 형!"

"쇼지, 빨리 뛰어!"

그러나 노소 네 사람은 돌아서자마자 뻣뻣하게 굳어 버렸다.

푸르르르.

감전이라도 된 양, 한차례의 격렬한 떨림이 네 사람을 훑고 지나갔다.

쩌억.

네 사람의 입이 있는 대로 벌어지더니 알아들을 수 없는 말들이 튀어나왔다.

"으드드드……."

"어아아아……."

그것도 잠시, 중년인의 눈이 허옇게 뒤집히더니 정신을 잃고 풀썩 쓰러지는 것을 시작으로 급기야 두 소년과 중년 부인마저 차례로 바닥에 몸을 뉘었다.

쓰러진 그들의 위로 홀로그램 같은 영롱한 빛이 어리더니 한 바퀴 휘돌고는 사라졌다.

─후아. 급격한 전기 쇼크 한 번에 기운이 훅 달리네. 나 디, 몸 된 주인을 여기다 놔.

찰나, 환각인 양 보이지 않던 담용의 축 늘어진 모습이 나타났다.

이어서 노소 네 사람에게서 조금 떨어진 지점에 엎어진 모습으로 눕혀졌다.

─엉? 이게 무슨……?

스사사사.

제법 정제되어 갈무리된 기운들이 **빠른** 속도로 다가오는 것이 대기의 파동을 타고 느껴졌다.

울렁. 울렁. 울렁.

―나디, 나도 에스퍼들인 줄은 알아. 하지만 너도 그렇듯 나 역시 몸 된 주인의 곁을 떠날 수는 없는 신세라고.

울렁. 울렁.

―지금부터 자연체에 가까운 네가 나를 감싸야 한다. 그리고 내 지시가 있을 때까지 미동도 하지 마.

울렁.

―몸 된 주인의 생명도 네게 달렸다는 걸 명심해.

우울렁.

―앗. 누가 오고 있다.

잠시 후, 나이 지긋한 노인이 다섯 사람이 쓰러진 곳에 나타났다.

"저런! 웬 사람들이 쓰러져 있지?"

당황한 노인이 얼른 중년인에게 다가가 몸을 흔들었다.

"이보시오. 정신 차려요. 어이!"

"다케오 어르신, 거기 무슨 일입니까?"

때마침 손전등 불빛이 어른거리면서 누군가 **빠른** 걸음으로 다가왔다.

"오! 다나카. 순찰 중인가?"

"예. 근데 웬 사람들이 쓰러져 있죠?"

"나도 모르겠네. 얼른 구급차부터 부르게."

"예."

그때였다.

쾅! 쾅! 쾅! 쾅!

일본 왕이 거주하는 왕궁, 즉 고쿄 쪽에서 폭발음이 연거푸 들려왔다.

"어이쿠!"

"어헉!"

연달은 폭발의 굉음에 기함한 다케오 노인은 엉덩방아를 찧었고, 경비인 다나카는 경악한 나머지 연방 뒷걸음을 쳐 댔다.

쿠쿵! 쿵! 쿵! 쿵! 쿠쿵! 쿵! 쿵!

연달아 이어지는 폭음과 함께 시뻘건 불길이 치솟기 시작하는 고쿄.

그 모습을 바라보는 두 사람의 입은 있는 대로 쩍 벌어졌고, 두 눈에는 경악을 넘어 절망 어린 빛이 가득 차올랐다.

"릴리! 에릭! 거스! 사이킥 맨틀(염동장막) 온!"

"Iron Wall(철벽)은요?"

"그건 시간이 걸려서 안 돼! 지시대로 실행해!"

"옛설!"

순간, '츠츠츠츠' 하는 미세하면서도 거친 소음이 인다 싶더니 톱날처럼 날카롭게 생긴 녹광이 플루토 요원들을 중심으로 반구형을 형성해 갔다.

"신타로 씨! 빨리 요원들을 데리고 이리로 오시오!"

절레절레.

"우린 세이덴과 산노마루쇼조칸을 지켜야 합니다."

세이덴은 고교의 정전을 말한다.

"전부 합심해서 사이킥 배리어를 둘러라!"

"하잇!"

"이, 이봐요, 염력의 농도가 10몰에 달하는 매스 사이코키네시스가 일곱 개나 날아들고 있는 판국에 그깟 몸이나 겨우 가리는 사이킥 배리어로 뭘 지킨단 말이오? 사람이 먼저요! 맨틀이 완성되기 전에 빨리 이곳으로 피하란 말이오!"

"염력 덩어리인 줄은 알고 있습니다. 그러나 우린 제자리를 지켜야 합니다. 산노마루쇼조칸 역시 천황 폐하께오서 가장 아끼는 보물이라 목숨으로 지켜야 할 의무가 있습니다. 아무튼 말씀은 감사합니다!"

꾸벅.

절도 있게 허리를 접어 보인 신타로가 돌아서더니 크게 소리쳤다.

"아마테라스! 오늘도 위대한 태양이시자 신의 후손인 덴노께 경배를!"

"덴노께 경배를!"

"덴노께 경배를―!"

"목숨으로 지킨다!"

"목숨으로 지킨다―!"

"덴노헤이카 반자이!"

"덴노헤이카 반자이―!"

'하! 미친……. 죽음이 코앞인데 무슨 천황을 찾고 있어?'

덴노가 적어도 천황이란 것쯤은 알고 있기에 하는 소리다.

천황은 하늘이 점지해서 내린 왕 중의 왕이란 뜻이지만 아마테라스 요원들은 세뇌나 된 듯 아랑곳 않고 연방 구호를 외쳐 댔다.

거기에 아예 신이라고 받들기까지 하니 폴로서는 당최 이해가 가지 않았다.

'푸헐! 인간을 신이라고 떠받들어?'

그 인간신을 위해 목숨을 초개같이 바친 게 불과 얼마 전이다.

바로 태평양전쟁.

지나가던 개도 비웃을 코미디가 아닐 수 없다.

'신으로 받들어지는 일본 왕은 도대체 무슨 생각이 들까?'

그게 정말 궁금한 폴이다.

미개했던 옛날이라면 모를까, 현대는 아프리카 오지의 미생물조차 전부 까발려진 첨단 시대가 아닌가?

그런 시대에 인간을 신으로 여기고 있다니!

물론 집단 광기에 처했을 때에 한해서겠지만 그래도 아닌 건 아니다.

"덴노헤이카 반자이!"

"덴노헤이카 반자이─!"

'쩝. 마치 말벌집이라도 건드린 것 같군.'

폴은 죽을지도 모르는 자리에서 광기에 젖어 떼창으로 아드레날린을 발산시키는 신타로와 그 부하들을 보며 도저히 이해할 수 없다는 듯 고개를 저어 댔다.

'역시나 교육받은 그대로를 보여 주는군.'

플루토 대원들이 일본에 파견될 때 단기 속성으로 일본의 정서와 문화, 그리고 일본인들의 성격에 대해 학습했었다.

결론은 일본인들은 개인은 예의 있게 행동하지만 집단이 되면 광기에 빠지는 경향이 짙다는 것.

달리 말하면 자기 행동을 타인이 어떻게 생각하는지에 대해 민감하지만, 타인이 자신의 잘못을 인지하지 못할 경우 쉽게 범죄의 유혹에 빠질 수도 있다는 것이다.

'단 한 번이라도 자신에게 약했던 사람에게는 계속해서 그 약함을 노리는 집요함이 병적일 정도라는 것이지.'

나아가 그 약자가 자신을 압도하는 행동을 하지 않는 이상 그 생각을 좀처럼 바꾸지 않는 족속이 바로 일본인이라는 점.

'하향식지배문화의 영향이라…….'

이런 성격 편향이 된 근본 원인이 바로 하향식지배문화란 말이다.

'역사 이래로 단 한 번도 민중혁명이나 반란이 없었다는 게 아이러니하다니까.'

무슨 마리오네트들도 아니고.

아무튼 이것만으로도 혀를 내두를 만한 역사적 일대 사건 이라 할 수 있었다.

이는 그만큼 일본이 상급자에게 절대복종하는 문화가 몸 에 배어 있는 사회라는 것을 뜻했다.

'쯧. 스미스 교수의 말대로 수백 년 동안 유전자에 각인된 것이라고 보면 맞겠지.'

해밀턴 스미스 교수 왈.

─태평양전쟁 당시 보여 줬던 예를 보듯 일본이라는 국가 와 그 지배 집단은 가히 무시무시한 존재라 할 수 있다. 더 무서운 점은 지난날 수많은 인명들을 죽고 다치게 했던 침략 전쟁을 반성하지 않고 정당화하고 있다는 점이다. 이보다 더 무서운 점은 일본 국민들한테 알게 모르게 그런 인식을 일상 속에서 꾸준하게 주입하고 있다는 것이다. 고로 미국은 전쟁 억지를 위해서라도 일본을 언제든 장악할 수 있는 힘을 갖춰

놓는 것이 필수적이라 할 것이다.

　폴은 불현듯 신타로가 하나라도 더 알려고 끈질기게 꼬치꼬치 물어 오던 것이 생각나 저도 모르게 진저리를 쳤다.
　그렇게 상념에 젖어 있는 동안 사이킥 맨틀이 완성됐다.
　"사이킥 맨틀에만 의지하지 말고 각자 배리어를 둘러서 몸을 보호해!"
　"옛썰! 근데 부팀장님, 정말 매스 사이코키네시스가 맞는 겁니까?"
　"아니면 뭐 같아?"
　"영롱한 것이 너무 아름다워서요."
　"미쳤구나. 폭탄이나 다름없는 사이코키네시스를 보고 아름답다니."
　"부팀장님, 그래도 너무 아름다워요."
　"헐. 릴리 너까지."
　"네. 갖고 싶을 정도로 예뻐요."
　"아아! 릴리, 난 눈이 멀 것 같아."
　"에릭, 너도 감성적인 애구나? 궤적을 봐. 환상적이지 않아?"
　"내 말이. 밤하늘에……."
　"시끄럿!"
　"이크!"

지옥유령의 재현　237

"정신 안 차릴 거야! 이것들이 살인 폭탄이 다가오는 판국에 뭔 신소리들을 하고 자빠졌어!"

버럭 소리를 지르는 폴의 야단에도 불구하고 팀원들은 담용이 날려 보낸 차크라 큐브의 매혹에 흠뻑 빠져들었다.

"하! 이것들이……."

원래 에스퍼란 존재가 정상인과 달리 약간씩은 사이코 기질이 있는 탓에 폴도 더 나무라지는 않았다.

플루토 요원들이 매스 사이코키네시스의 매혹에 빠져 있을 때, 아마테라스 요원들은 경악에 빠져 있었다.

영롱한 빛 뭉치들이 일왕의 거주지인 고쿄로 정확히 날아들자, 신타로의 무전기가 바빠졌다.

치직! 칙! 치직!

-부대장님, 타노입니다.

"말해!"

-빛 뭉치 하나가 후시미야구라(성루)로 오고 있습니다.

"몸으로라도 막아! 후퇴는 없다!"

-하잇!

치직. 칙. 치익.

"부대장이다. 누구야?"

-아앗! 부대장님, 미사일 하나가 호메이덴(풍명전)으로 떨어지고 있습니다.

"미사일이 아니라 지옥유령이 날린 염력 덩어리다!"

-헉!

"막아! 물러서지 말고 기필코 막으란 말이다!"

-하, 하잇!

치……치칙.

"에잇! 이 망할 것들이!"

퍽! 빠작!

계속해서 들려오는 신호에 무전기를 땅에다 패대기친 신타로가 발로 짓밟아 버렸다.

"부, 부대장님! 저길 보십시오."

부하의 다급한 말에 급히 하늘을 올려다본 신타로의 얼굴이 대번 핼쑥해졌다.

빛 뭉치 두 개가 세이덴과 산노마루쇼조칸을 겨냥해 정확히 낙하하고 있었기 때문이다.

그 외에도 마치 열 추적 장치가 달려 있기라도 한 것처럼 빛 뭉치 다섯 개가 고쿄 곳곳으로 낙하하고 있는 것이 아닌가?

"으아아아…… 안 돼애애-!"

목이 터져라 외쳐 보지만 신타로와 그 수하들이 할 수 있는 건 아무것도 없었다.

아마테라스는 플루토와는 다르게 아직 사이킥 맨틀을 형성할 수준이 되지 못했기에 사이킥 배리어만 둘러 자신들을 보호해야 했다.

한마디로 역량 부족이었다.

꾸울꺽.

긴장한 폴의 목울대가 심하게 꿀렁거렸다.

'씨발! 무슨 놈의 농도가…….'

군이 측정해 보지 않아도 감당이 안 되는 무지막지한 염력 덩어리인 것에 절로 오소소 소름이 돋았다.

그래도 확인해 보고 싶은 것이 솔직한 심정이었다.

"거, 거스! 농도가 정확히 어, 얼마냐?"

"현재 8몰…… 어? 9, 9몰…… 으아아아! 10몰입니다!"

긴장한 태가 역력한 폴의 물음에 거스의 마지막 말은 거의 비명에 가까웠다.

염력의 농도가 수시로 바뀌는 것은 염력 덩어리가 점점 가까워지고 있음을 뜻했다.

아닌 게 아니라 야구공 크기이던 것이 축구공 크기가 됐을 때는 이미 머리맡에 당도해 있었다.

"거스, 기파는 감지돼?"

"그게 이상합니다. 전혀 감지되지 않습니다."

"그래. 나도 그게 이상하단 말이지."

에스퍼들마다 염력 수법을 생성해 실행에 들어갈 때, 기파가 대기와 공명해서 고유의 소리를 내는 것이 보통임에도 지금 날아드는 매스 사이코키네시스에서는 그런 게 전혀 없었다.

"릴리, 10몰이면 채 5몰도 안 되는 사이킥 맨틀은 거적때기밖에 안 돼. 그러니 좀 더……."

"알아요. 속도를 내야죠. 하지만 에릭과 거스를 보세요."

걔들? 안 봐도 안다. 쩔쩔매고 있다는 걸.

하지만 폴이 도울 수는 없었다.

폴은 수시로 두 사람에게 염력을 보충해 줘야 하기 때문이었다.

무엇보다 기파나 파공음 같은 소리가 전혀 없다는 것이 폴과 요원들을 더 두렵게 하고 있었다.

차라리 대기를 찢는 초음속 같은 파공음이라도 들렸으면 부산스레 쑤석대기라도 하련만 소리 없이 날아드는 공포다 보니 그러기도 민망해 그저 숨죽일 뿐이었다.

"모두 정신 바짝 차려!"

"옛설!"

"거스! 카운트!"

"카운팅 인! 15, 14, 13, 12…… 8, 7, 6…… 3, 2, 1! 폭발합니다!"

마침내 일곱 개의 매스 사이코키네시스가 목적물인 고교에 당도했다.

폴과 요원들은 핵폭탄을 마주했을 시의 매뉴얼에 맞춰 자세를 낮추며 본능처럼 눈을 감음과 동시에 귀를 틀어막았다.

익히 예상되는 것이 거대한 폭음, 강렬한 빛, 꾕량한 파편, 괴랄한 장면이라 각오를 단단히 했다.

쉬이이이아아아악!

아나콘다처럼 거대한 뱀이 입을 벌리고 맹독을 내뿜기라도 하는 듯한 속삭임이 폴의 귀를 간질였다.

'헛! 시, 시작이다!'

폴의 감각에 매스 사이코키네시스가 어딘가에 닿는 느낌이 오자 전신이 절로 꼿꼿하게 경직됐다.

그토록 덴노를 부르짖던 아마테라스 요원들도 지금 이 순간만큼은 쥐를 잡아먹은 고양이처럼 조용했다.

그렇게 긴장감이 고조된 상태에서 한동안 아무런 기척도 없고 기세도 없는 적막이 주변을 장악했다.

'응?'

거대한 폭발을 기대했던 예감이 한동안 기다려도 아무런 반응이 없어 폴이 갸우뚱했다.

'뭐……지?'

궁금증이 도진 폴이 의아해하며 슬며시 고개를 들었다.

그때, '와그르르' 하는 소음이 들린다 싶더니 여기저기서 '풀썩!', '쿵', '쿵' 하고 뭔가 바닥에 떨어지는 소리가 연신 들려왔다.

이어 검은 연기가 피어오르고 동시에 콧속으로 조금은 매운 냄새가 들어왔다.

"난데없이 웬 매운 냄새가⋯⋯?"

소닉붐이 터지는 소리를 잔뜩 기대(?)했다가 그 대신 푸석하고도 매운 먼지 냄새를 맡자 폴은 가만히 있을 수가 없었다.

슬그머니 무릎을 꿇고 전면을 바라보니 이게 웬일?

검은 먼지가 쓰나미로 화해 밀려오고 있지 않은가?

사아아아악.

순식간에 반구형 사이킥 맨틀을 온통 뒤덮어 오는 검은 먼지에 시야가 완전히 가려져 버렸다.

벌떡!

"이, 이게 뭐야?"

폴이 미간을 잔뜩 좁혔다.

사방 천지가 온통 검은 먼지라 마치 한밤중 같다.

검은 먼지에 뒤덮였는지 바로 인근에 위치한 산노마루쇼 조칸도 보이지 않았다.

더불어 아마테라스 요원들 역시 먼지에 삼켜져 버렸는지 단 한 명도 찾아볼 수 없었다.

"부팀장님, 이게 어떻게 된 겁니까?"

"나도 몰라."

"에릭! 릴리! 빨리 불을 밝혀라!"

"옛설! 파이로키네시스(발화)!"

"네! 파이로키네시스!"

두 개의 작은 불덩이가 생성되더니 허공에 둥둥 떠다니기 시작하면서 반구형 안이 조금 환해졌다.

염력이 거의 소모되지 않는 유용한 스킬 중 하나였다.

"폭발음이 없었는데…… 혹시 저만 못 들은 겁니까?"

"거스, 나도 못 들었어요."

"릴리도?"

"네."

"그럼 내가 이상한 건 아닌데 어떻게 된 거지? 헉! 설마 다, 다 죽은 건 아니겠지?"

그런데 비명 소리도 전혀 듣지 못했다.

"캑캑. 아우, 눈이 왜 맵지?"

"그러고 보니…… 어디서 새어 들어온 거야? 에취! 으에에 에취!"

"부팀장님, 사이킥 맨틀이 녹고 있어요!"

"어, 어디?"

"저기요. 천장 한가운데요!"

"지, 진짜네."

뭔가가 갉아 먹는지 꼭 염산에 부식되어 가는 것처럼 사이킥 맨틀이 엷어지고 있었다.

그쪽으로 메케한 연기가 들어온 것 같았다.

"으에춰. 이건 뭐가 타는 냄새 같은데?"

"최루탄 같지는 않고 뭐지?"

"검은 먼지라……. 아무래도 수상하다! 모두 방독면을 써라!"

"옛설!"

폴의 지시에 플루토 요원들이 막 방독면을 착용했다.

"슈처(Suture : 봉합)!"

"어! 메꿔졌어요."

"임시방편일 뿐이다. 서둘러 여길 벗어나야 해."

"끄악!"

"흐아악!"

와다다다.

"헉! 뭐, 뭐야?"

검은 먼지 구덩이 속에서 단말마의 비명과 함께 다급한 발소리가 들려왔다. 영문 모르는 폴이 지레 주춤 물러섰다.

"부팀장님! 아, 아마테라스 요원들입니다!"

"끄아아아! 다, 달아나! 모두 달아나라고—!"

먹물 천지인 어둠 속에서 극한의 공포가 어린 말투가 플루토 요원들을 바짝 긴장하게 만들었다.

"시, 신타로 씨야!"

타다다다.

득달같이 내달려 오는 발소리의 주인공은 신타로였다.

"신타로 씨! 무슨 일이오?"

"괴, 괴물! 괴물이…… 쫓아……와! 빠, 빨리 피해!"

보이지는 않았지만 혼비백산한 기색이 역력한 신타로가 연상됐다.

아울러 제정신이 아닌 것만 같았다.

"괴물이라고?"

"괴물은 몬스터란 뜻인데, 표정을 보니 정말 몬스터라도 나타난 모양인데요?"

"뭔 뜬금없는 몬스터? 소설 속의 오우거가 책을 찢고 튀어나오기라도 했나?"

"에이, 그럴 리가요."

"그럼 왜 저러는 건데?"

텅! 텅! 텅!

사이킥 맨틀을 두드리는 몽둥이 소리가 요란했다.

염력 덩어리로 이루어진 사이킥 맨틀이기에 손을 대면 전기 톱날에 스친 것처럼 큰 부상을 입을 수도 있다.

"폴! 뭐 하고 있어! 빨리 피하라니까!"

"저거 내게 명령하는 거 맞지?"

신경질적으로 내뱉는 신타로의 말투에 빈정이 상한 폴이 어이없어했다.

"신타로 씨 나름대로 다급해서 하는 소리겠죠."

투다다다다.

"빨리 달아나! 어서!"

"으아아–!"

철퍼덕!

"악!"

"일어나! 죽고 싶지 않으면 일어나서 달려!"

"도대체 무슨 일이 일어나고 있는 거야?"

"제길, 알 수가 있어야지."

달아오른 주전자처럼 펄펄 끓는 아마테라스 요원들이 길길이 날뛰자, 영문을 모르는 플루토 요원들 사이에 공포가 전염되기 시작했다.

"으아아아! 살려–!"

"발! 내 발이…… 끄아아악!"

"뭐, 뭐야!"

애끓는 처절한 비명 소리가 연거푸 들려오자 반구형 막 안에 갇힌 폴과 그 일행도 본격적으로 공포에 젖어 들기 시작했다.

"릴리, 란다를 내보내!"

"그, 그게…….."

"이럴 때 안 써먹고 언제까지 놔둘 거야! 어서!"

"네. 근데 자세히 보는 건 자신이 없어요."

전에 없던 엄한 말투에 기가 죽은 릴리가 정령인 란다를 불러냈다.

그러자 반딧불이처럼 작은 빛이 릴리의 눈앞에 어른거렸다.

릴리가 은근한 목소리로 소곤거렸다.

"란다, 바깥을 살펴봐 줘."

—…….

"응? 부탁이야."

휘리리링.

마지못해 들어준다는 듯이 릴리의 주위를 빙빙 돌던 란다가 천장에 쥐구멍 크기로 뚫려 있는 구멍을 통해 밖으로 나갔다.

"보여!"

"폴, 너무 성급해요. 시간을 줘요."

"상황이 이러니 나도 어쩔 수 없다. 집중해! 보이냐고!"

"기다려요! 보고 있으니…… 오, 옴마야!"

"왜 그래?"

"사, 사람이 잡아먹히고 있어! 아니, 노, 녹고 있어! 저, 저…….

"릴리, 뭐라는 거야? 똑바로 말해!"

두서없는 릴리의 말에 폴이 버럭 화를 냈다.

"아마테라스 요원들이 검은 모래에 닿더니 가루가 되고 있다고요!"

"미, 미친! 그걸 말이라고…….

"아아앗! 거, 검은 악마다!"

벌러덩.

"릴리!"

"괴물 쓰나미, 괴물 쓰나미…… 브, 블랙 샌드!"

뭘 봤는지 별안간 발작을 해 대던 릴리가 뒤로 나자빠지더니 사시나무처럼 떨어 대며 헛소리를 해 댔다.

"쓰, 쓰나미…… 브, 블랙 샌드!"

표정만 보면 마치 해일이 바짝 뒤쫓아 오기라도 하는 것 같다.

얼마나 무서웠으면 눈의 초점이 까무룩 사라지고 있을까?

'뭐야? 대체 뭘 봤기에…….'

"에릭, 릴리를 돌봐 줘."

"옛설! 릴리, 정신 차려!"

에릭이 릴리의 뺨을 찰싹찰싹 때렸다.

"정신 차리라고!"

'괴물 쓰나미에 블랙 샌드라고?'

릴리의 말을 곱씹던 폴의 뇌리에 문득 떠오르는 것이 있었다.

'블랙 샌드라면…… 이런 씨발.'

야스쿠니를 소멸시켰던 원흉이 검은 모래였다는 것을 떠올린 폴의 안색이 단박에 잿빛으로 변했다.

그제야 폴은 그토록 의기에 차 죽기 살기로 각오를 다지던 신타로와 그 부하들이 패닉 상태가 되어 죽어라고 달아나던 것이 이해가 됐다.

'여기도 야스쿠니처럼 가루가 되어 가고 있는 거야.'

이대로 가만히 있다가는 애먼 애들을 다 죽이게 생겼다.

풀의 마음이 급해졌다.

"거스! 나와 같이 사이킥 맨틀을 유지하면서 빠르게 이동한다."

"옛설! 근데 저거 어떡하죠?"

거스가 구멍이 뚫린 천장을 가리켰다.

조금씩이긴 했지만 구멍에 검은 자국이 점점 확대되어 가고 있는 것이 확연히 보였다.

"내게 맡겨. 슈처!"

"막았어요."

"좋아. 하지만 얼마 못 견뎌. 무브! 무브!"

"부팀장님, 앞이 안 보입니다!"

'젠장. 가지가지 하는구나.'

"릴리, 괜찮아?"

"……네. 좀 견딜 만해요."

어째 대답이 시원찮은 걸 보니 아직도 공포에서 벗어나지 못한 태가 역력했다.

"란다는?"

"아직 거둬들이지 않았어요."

"괜찮을까?"

릴리가 머리를 끄덕끄덕했다.

"란다를 무시하지 말아요. 지금 계속 뭔가를 보여 주려고 애쓰고 있다고요."

"호! 제법이다."

"걔도 위기의식을 느껴서 최선을 다하는 거죠."

하긴 릴리가 잘못되면 란다도 무사하지 못할 테니 필사적인 건 당연했다.

"근데 어디로 갈 거죠?"

"우리가 들어왔던 오테몬 쪽으로 간다!"

"제가 아는 곳이에요. 여기서 왼쪽 방향으로 가야 돼요!"

"오케이. 릴리가 길을 안내해."

릴리에게서 돌아선 폴이 에릭과 거스를 쳐다보니 염력의 소모가 많았던지 둘 다 죽을상을 하고 있었다.

'쯧. 힘들겠지.'

둘이서 사이킥 맨틀을 유지하는 것이 쉽지 않아서다.

여기에 신타로와 그 부하들이 함께했다면 진즉에 염력이 고갈돼서 파탄 났을 것이다.

고로 아이러니하게도 신타로의 되도 않은 고집이 자신과 부하들을 살린 셈이 됐다.

"에릭, 거스! 조금만 더 견뎌!"

"사력을 다하고 있다고요!"

"으아아. 죽겠어요."

'짜식들이 엄살은…….'

내심은 그랬지만 빨리 벗어나는 게 상책이었다.

"릴리, 지금 바깥 상황은 어때?"

"죄다 검은 가루로 변하고 있어요. 마치 검은 물결이 느릿하게 밀려오는 것 같아요."

"하! 무시무시하군."

말대로라면 정말 그랬다.

"어찌 이럴 수가 있죠? 직접 보고 있는 저는 너무 끔찍하다고요!"

"어떤지 대충 말해 봐."

"닥치는 대로 검은 가루가 되고 있어요. 돌도…… 앗! 쇳덩이 조형물도 가루로 변하고 있어요!"

"뭐어? 돌은 몰라도 쇳덩이는……."

"지금 제가 보고 있다니까요! 야스쿠니를 빗대서 생각하면 안 된다고요!"

'쩝. 할 말 없네.'

폴도 현장을 보고 싶은 마음이 굴뚝같지만 둘 사이는 영적 교감으로 연결되어 있는 터라 마음뿐이었다.

문제는 쇳덩이조차 검은 모래로 변했다면 지옥유령이 진화했다는 뜻이다.

조사해 본 결과, 야스쿠니에서는 이런 현상이 일어나지 않았던 것이다.

'또 구멍이야.'

"슈처!"

"부팀장님, 저기도요!"

"슈처! 이거 우리 능력으로는 감당이 안 될 것 같은데?"

"이대로라면 턱도 없어요. 특단의 대책이 있어야 할 거예요."

릴리가 말한 특단의 대책이란 본부 차원의 지원이 있어야 한다는 얘기였다.

"끄응. 프로페셔널인 플루토가 아마추어인 아마테라스 앞에서 무슨 개망신이야?"

급박한 위험에서 조금 벗어나자, 이제는 아마테라스 요원들을 대할 게 걱정이 되는 폴이었다.

그도 그럴 것이, 명색이 상급 에스퍼로 지원을 나왔는데 문제를 해결하기는커녕 도주하기에 바쁜 처지가 됐다.

"앗! 먼지가 걷히고 있어요!"

"릴리, 막혔어. 어디로 가?"

"에릭, 그대로 직진하면 돼!"

"곧장 가라고?"

"그렇다니까."

"알았어."

"으아아아. 건물이 하나도 안 보여요."

"어, 어떻다고?"

"검은 모래만 잔뜩 깔린 평지가 됐다고요. 무슨 석탄을 잔뜩 깔아 놓은 것 같은 게 마치 야스쿠니의 데자뷔를 보는 것 같아요. 아니, 거기보다 더 심해요!"

'지옥유령이라면 당연한 거겠지만…… 누군지는 몰라도 정말 지독스레 잔인하군.'

그 무엇이 그로 하여금 원한에 사무치게 했는지 궁금했다.

한편으로는 그토록 어마어마한 능력자가 누군지도 정말 궁금했다.

"릴리, 하나도 안 남았어?"

"네, 전부 무너졌어요! 잿더미가 됐다고요."

"끄응. 결국 아무런 도움도 되지 못했군."

사이킥 스톰

"훅훅. 료마 씨, 아직 멀었어요?"

"조금만 더 가면 됩니다."

"료마 씨, 뒤를 좀 봐요."

"예?"

"매스 사이코키네시스가 낙하하고 있다고요."

"아, 빌어먹을."

두 사람의 눈에 아름다운 궤적을 남기며 떨어지는 빛 덩이들이 들어왔다.

'헐. 무지하게 아름답군.'

게일은 내심 그렇게 느끼고 있었지만 료마를 생각해 내색지는 않았다.

지옥유령만 아니라면 충분한 관광거리나 이슈가 될 만큼 아름다운 장면인 건 사실이었다.

"무사해야 할 텐데……."

"폭발력이 얼마나 되느냐에 달렸지만 사이킥 맨틀로 방어가 가능할 겁니다. 그러니 너무 걱정하지 말아요."

"우린 아직 그 정도의 능력이 되지 않아서요."

"저긴 우리가 어찌할 수 있는 게 아니니 맡겨 두죠."

"하긴……."

"헤이, 료마!"

　큰 둥치의 나무 뒤에서 걸레같이 너절한 옷을 걸치고 한눈에도 오른팔이 굵다 싶은 사내가 모습을 드러냈다.

"하지모토!"

"쉿!"

"흡!"

　반가운 마음에 큰 소리를 냈다가 황급히 입을 다문 료마는 무슨 영문인지 몰라 그 자리서 한 발짝도 움직이지 않았다.

'흠. 뮤턴트맨이로군.'

　게일은 단번에 알아보았다.

　놀라거나 내색하지 않는 것은, 플루토에도 뮤턴트맨들이 드물지 않아서였다.

　뮤턴트, 즉 돌연변이는 태어나는 즉시 초능력에 대한 자질이 탁월한 존재들이었다.

그렇기에 국가마다 귀한 인재로 취급되어 비밀리에 양성되고 있었다.

그러나 일본에 와서 뮤턴트란 존재를 처음 대하는 게일이었다.

"놈이 바로 앞에 있으니까 조그맣게 얘기해."

"아, 알았어."

"자, 이리로."

"근데 왜 거기 숨어 있어?"

"조금 전까지 사람들이 모여 있었었거든."

"아!"

료마는 하지모토의 몰골을 보고 곧 이해했다. 더욱이 가리지 못한 기형의 오른팔로 인해 사람들 앞에 나서기가 더 곤란했을 것이다.

"경찰과 구급요원들이 와서 쓰러진 사람들을 구급차에 싣고 갔어."

"여기서 무슨 일이 있었나?"

"운동하던 사람들이 정신을 잃고 쓰러져 있었나 보더라."

"이유가 뭐야? 혹시?"

하지모토가 고개를 절레절레했다.

"원인은 모르겠고 혹시 몰라 몰래 숨어서 스캔해 봤더니 0.3몰 안팎이었어."

모두 평범한 사람들이었단 얘기.

"그나마 한 사람은 아예 제로였어. 체구도 건장한 사람이었는데 말이야."

"속은 수수깡인데 허우대만 멀쩡한 사람이라면 그럴 수도 있지."

"후우, 많이 기다렸나?"

"나도 조금 전에 왔어. 일단 이쪽으로 와."

하지모토가 두 사람을 반강제로 끌어서는 고교의 전각들이 잘 보이는 곳으로 갔다.

"여긴 게일 씨야. 인사해."

"반갑습니다. 하지모토입니다."

"게일이라고 합니다."

원활하지는 않았지만 두 사람이 영어로 대화하는 것에 불편함은 없는 듯했다.

"근데 바로 앞에 있다고 한 건 어딜 말하는 겁니까?"

"마음이 급한 건 압니다만 일단 저걸 좀 지켜보고 나서 대화를 나누도록 하지요."

게일이 하지모토가 가리키는 곳으로 시선을 돌렸다.

잠시 잊고 있었던 일곱 개의 매스 사이코키네시스가 막 고교에 닿고 있었다.

"아⋯⋯!"

게일은 하마터면 장관이라고 말하려다 얼른 삼켰다.

내심을 숨기기라도 하듯 게일이 말을 이었다.

"10몰이면 폭발 반경이 얼마나 될까요?"

"눈으로 본 적이 없어서 감이 안 잡힙니다."

"염력을 덩어리로 만들 수 있다는 걸 오늘 처음 들었습니다. 플루토에서는 가능합니까?"

"저는 어렵지만 가능한 에스퍼들이 있다고 들었습니다."

"부럽군요."

"하지모토, 떠, 떨어졌다!"

마침내 장시간을 낙하하던 빛 덩이들이 고교의 전각 사이로 스며들듯 사라졌다.

"포, 폭발에 대비……."

움찔.

료마의 말이 끝나지도 않았는데 게일과 하지모토가 본능적으로 움츠렸다.

하나 곧 이상함을 느끼고는 고개를 갸웃거렸다.

"웅?"

"뭐야? 왜……?"

"설마 불발탄?"

콰르르르.

"거, 건물이 무너지고 있습니다."

"메가네바시와 니주바시도 주저앉고 있어."

"폭발음도 없었는데 어찌……?"

"먼지구름입니다! 근데 색깔이 시커매요."

"먼지가 왜 새까만 거지?"

사위가 희뿌옇게 밝아 오는 시각이지만 아직도 박명인 상태라 어두웠음에도 불구하고 먼지구름은 그보다 더 짙은 까만색이라 확실히 구분이 됐다.

딱!

게일이 손가락을 튀기며 말했다.

"맞아! 야, 야스쿠니!"

"야스쿠니요?"

"거기가 검은 모래로 변했잖소?"

"아! 그, 그렇구나. 거, 검은 모래!"

"검은 모래라니, 무슨 소리야?"

"뉴스 못 들었어?"

"야스쿠니신사가 사라졌다는 말은 들었지만 자세한 건 몰라. 집안일이 많았거든."

"변한 야스쿠니가 저기 검은 먼지 색깔과 유사해. 아마 검은 먼지가 가라앉으면 야스쿠니처럼 되어 있을 거야. 우리가 지금 그걸 보고 있는 거고."

"하! 무시무시하군."

"저건 우리가 어쩔 수 있는 게 아니니 맡은 일이나 끝내자고. 하지모토, 어딘지 안내해."

"날 따라와."

"멀어?"

"아니, 구스노키 마사시게 장군의 동상이 있는 곳이야."

"그곳이라면 이 근처잖아?"

"맞아. 거의 다 왔어."

"잠깐!"

"게일 씨, 하실 말이 있습니까?"

"하지모토 씨, 농도를 측정해 봤소?"

"제 스캔 능력으로는 6~7몰 사이였어요."

"그 정도로 짙다면 우리로서는 감당이 어렵잖소?"

"그래도 뭔가를 해 봐야지요. 저대로 뒀다간 아까처럼 애 먼 시민들에게 피해가 갈 겁니다."

"그건 아는데 괜히 건드렸다가 이 주변이 검은 모래로 변할 수도 있소."

"후우. 사실 그게 염려되기는 합니다만…… 일단 보고 나서 의논하지요."

"그럴까요?"

"제가 이곳에 오기 전에 경험을 했으니 제 말을 따르세요."

"팔이 불긋불긋하고 옷도 엉망인 된 게 그 때문이었소?"

"예. 놈이 자폭할 줄은 미처 몰랐지요."

"아, 파편을 피하지 못했군요."

"근데 폭발음에 비해 큰 위력은 없었습니다. 보다시피 찰과상에 불과하니까요."

"아마도 퍼밀리어여서 그럴 거요."

"저도 그렇게 생각했습니다. 하지만 이번 것은 다릅니다. 족히 세 배는 더 강하니까요."

단순한 퍼밀리어가 아니라는 얘기.

"저기 벚나무 가지 위를 보세요."

게일과 료마가 눈을 좁혔다.

찾는 건 그리 어렵지 않았다.

주변과는 확연히 다른 농도의 덩어리에다 웅웅대기까지 하니 대번 시선이 갔다.

크기는 농구공만 했고, 쉴 새 없이 에너지를 발산하며 자전하듯 빠르게 움직이고 있었다.

"아지랑이가 한데 뭉친 것으로 보이네요."

"제 눈에는 투명한 푸딩으로 비칩니다. 아무튼 제가 당한 적이 있으니 부상을 입지 않으려면 나무를 방패막이로 이용해야 합니다."

"어떻게 할 작정이오?"

"표본을 채취할 수 있으면 더 이상 좋을 게 없겠는데 방법을 모르겠군요."

"일단 접근해 보지요."

게일이 백팩 안에서 잠자리채 모양의 조그만 그물을 꺼냈다.

"그건 뭡니까?"

"리스트레인트 네트(Restraint Net : 속박 그물)라고 하오."

"리스트…… 네트요?"

"원래는 지박령 중에도 악령을 잡는 데 사용하는 속박 그물인데 지금 써 보려고 하오."

속박 그물을 손에 들어서인지 게일이 자신 있는 걸음으로 성큼성큼 앞서갔다.

"위, 위험합니다!"

"사이킥 맨틀!"

하지모토가 말려 봤지만 대답 대신 염동장막부터 둘러 안전을 확보한 게일이 대담하게 앞으로 나아갔다.

"이런!"

"걱정하지 마. 괜찮을 거야."

"그렇다고 손님 혼자 나서게 하고 주인이 뒤에 물러나 있기는 좀 그렇잖아?"

"그럼 배리어를 치고 바짝 뒤따라가면 되지."

"그게 좋겠다. 사이킥 배리어!"

"사이킥 배리어!"

의견이 일치한 료마와 하지모토가 방비를 단단히 한 채, 곧바로 게일의 뒤를 따라붙었다.

세 사람이 몇 발자국 뗐을까?

돌연 구체 모양의 푸딩이 활발하게 움직이기 시작했다.

"게일 씨, 녀석이 노한 것 같은데요?"

게일이 고개를 끄덕였다.

"사이키 파워에 제격 반응하는 걸 보니 에스퍼가 보낸 퍼밀리어가 틀림없는 것 같소."

"퍼밀리어를 생성해서 내보낼 정도면 무척 강한 에스퍼겠지요?"

"적어도 우리보다는 상급이라고 봐야겠지요."

세 사람 모두 퍼밀리어를 생성시키기에는 아직 이른 중급 유저인 에스퍼들이었다.

웅. 웅. 웅. 우우우웅.

"녀석의 기세가 더 사나워졌소. 염력을 최대한 끌어올리시오."

"게일 씨, 일단 나무 뒤에 몸을 숨기고 더 관찰해 보는 게 어떻겠습니까?"

"퍼밀리어는 지속 시간이 정해져 있소. 어물거리다가 녀석이 소멸되기라도 하면 표본을 채취할 기회가 다시는 없을 수도 있소."

"그래도 녀석의 상태로 보아 너무 위험한 것 같습니다."

"하지모토 씨, 야스쿠니도 그렇고 고교도 지금 검은 연기로 휩싸인 걸 보면 곧 검은 모래로 변할 거요. 하지만 닷새가 되도록 누구도 검은 모래의 정체를 밝히지 못했소. 우린 그걸 밝혀야 할 의무가 있소. 그러려면 저 녀석을 속박 그물에 가둬야 하오."

"아, 알겠습니다. 뒤따를 테니 앞장서십시오."

충분한 설득이 됐는지 하지모토가 더 이상 고집을 피우지 않고 게일의 등을 떠밀었다.

그 탓에 두어 발짝 더 나아간 게일이 속박 그물을 천천히 앞으로 내밀었다.

"게일 씨, 그거 이리 주세요. 제가 조금 전에 경험을 했었고 또 제 오른팔이 쓸 만하니 제가 앞장서겠습니다."

"괘, 괜찮……."

탁!

속박 그물을 낚아채 가는 하지모토의 결기를 꺾을 수 없어 게일은 한 발짝 물러서서 뒤따랐다.

웅웅. 우우우웅. 우르르르르.

자신을 잡으려는 것을 아는지 울림이 바뀌면서 공기의 파동이 급격히 거세지기 시작했다.

우르르르르.

"울리는 소리가 더 거세졌어…… 흐핫!"

파동이 가파르게 옥타브를 높여 가는 그때, 료마는 분명히 보았다.

푸딩 구체의 표면에 실금 같은 균열이 쩍 갈라지는 것을.

"피, 피해!"

뻐—엉!

"으아아악! 내 귀!"

"끄으으윽."

팽창으로 달아오르던 거대한 풍선이 터지는 듯한 굉량한 폭발음에 세 사람은 귀를 막으며 주저앉았다.

그러나 곧 주저앉은 그들을 인정사정없이 날려 보내는 무지막지한 강풍이 몰아닥쳤다.

콰콰콰콰콰.

"폭풍이다! 조심해요!"

"뭔 바람이……?"

"료마, 염력이 섞인 것 같소!"

"그, 그럴 수도 있습니까?"

"사이킥 스톰이오!"

촤아아아!

"앗! 날아간다! 뭐든 붙잡아요!"

미끈!

"으아악! 노, 놓쳤어!"

"료마!"

게일이 아름드리나무를 끌어안으며 소리쳐 보지만 가장 뒤에서 따라가던 료마가 붙잡고 있던 나뭇가지를 놓치는 것과 동시에 몸이 허공으로 떠올랐다.

"하지모토!"

날아가는 와중에도 발버둥을 치며 사지를 휘저어 보지만 손에 잡히는 건 아무것도 없었다.

바인더북

촤촤촤촤.

점점 멀어지는 료마를 따라 거센 폭풍을 견디지 못한 부러진 나뭇가지와 잡동사니 들이 하늘로 치솟아 올랐다.

"료−마!"

ㅊㅊㅊㅊㅊㅊ.

염력 덩어리가 터진 자리에서 계속해서 강력한 태풍이 생성됐고, 시간이 흐를수록 점점 더 강해지고 있었다.

뿌뜨뜨뜨뜩.

"하지모토, 나무가 뽑히고 있소! 조심하시오−!"

"헉!"

뜨득. 뜨드드득.

아닌 게 아니라 게일의 경고대로 한 아름이나 되는 벚나무와 여타 고목들이 뿌리째 뽑히는 것이 눈에 들어왔다.

"게, 게일 씨, 도와줘요!"

"나도 어쩔 수 없……."

쩌저적!

"어엇!"

하필이면 게일이 매달려 있던 나뭇가지가 태풍을 견디지 못하고 부러지려는 찰나였다.

'크, 큰일이다!'

생사의 위기에 처한 게일의 눈동자가 사정없이 흔들렸다.

'썩을. 여, 여기까진가?'

사이킥 스톰에 대해 배운 바 있는 게일은 염력이 소진되지 않는 한 웬만한 무게의 물체는 100마일 혹은 1,000마일까지도 날려 보낸다는 것을 알고 있었기에 두렵기 짝이 없었다.

질끈 눈을 감았다.

눈을 감는 그 짧은 순간에 그의 일생이 주마등처럼 지나갔다.

가톨릭 신자였던 게일은 간절한 마음으로 기도를 했다.

'주여! 불쌍한 종을 굽어 살피시어 강이나 바다에 빠지게 하소서. 아멘.'

우지끈! 쩌억!

마침내 간당간당하던 나뭇가지가 더는 버티지 못하고 부러졌다.

"으아아아!"

"게, 게일!"

"사, 살려어!"

"게-일!"

우직! 우지끈!

그와 함께 하지모토가 끌어안고 있던 고목마저 허연 뿌리를 드러내기 시작했다.

촤촤촤촤촤.

"제기랄. 이럴 수는 없어. 이럴 수 없다고-!"

사이킥 스톰 앞에서 할 수 있는 게 아무것도 없었던 하지모토가 마지막 발악을 했다.

이어 '뜨드득' 하고 고목이 뿌리째 뽑히고 사이킥 스톰은 그것을 하늘 높이 날려 보냈다.

"으아아아!"

사지를 허우적거리는 하지모토의 입에서 터진 처절한 비명이 희뿌옇게 밝아 오는 새벽하늘에 길게 울려 퍼졌다.

그러고도 사이킥 스톰의 기세는 한동안 지속되다가 고쿄가이엔의 한 축을 매끈한 대머리로 만들고서야 비로소 잠잠해졌다.

담용이 정신을 잃고 병원으로 후송된 그 시각, 도쿄 미나토구 롯폰기의 이나가와카이 본부.

벌컥!

미닫이문이 거칠게 열렸다.

문밖에서 무릎을 꿇은 채 고개를 숙이고 있던 사내의 상체가 바닥에 닿았다.

"겐지, 방금 노디에게서 연락이 왔다고 했느냐?"

"핫! 오야붕."

"뭐, 뭐라고 하더냐?"

"청부를 완료했다고 합니다."

"다시 말해 보거라."

"청부를 완료했다는 연락을 받았습니다."

"저, 정말이더냐?"

"하잇!"

"그때가 언제이더냐?"

"30분 전이었습니다."

"하면…… 그동안 확인했겠구나."

"하잇."

"그게 사실이었단 말이지. 허허……허허헛. 이케다 쯔네가 당했단 말이지."

"핫! 소데스."

"앓던 이가 쑥 빠진 기분이구나. 그놈의 상태는?"

"정확한 소식은 알기 어려우나 재기하기는 어려울 거라고 들었습니다."

"노디가 그러더냐?"

"핫!"

"그 노인네가 그렇다면 그런 것이다."

"하옵고……."

"또 할 말이 있더냐?"

"야마나카도 처리했다고 했습니다."

"무어라?"

<u>드르르륵.</u>

반쯤 열렸던 미닫이문이 완전히 열렸다.

"야, 야마나카를 처치했다고?"

"하잇!"

"이번 전쟁 총책인 야마나카가 확실하더냐?"

"오야붕, 노디의 전언을 그대로 올리는 것입니다."

"그, 그래. 내가 좀 흥분했군."

두 달도 훨씬 더 되는 기간 동안 그만큼 스트레스가 많았다는 방증이었다.

"또 보고드릴 게 있습니다."

"또 있다고?"

"하잇!"

"물론 좋은 소식이겠지?"

"핫! 이케다의 직속 부하들인 코친 열 명도 함께 처리했다고 전해 왔습니다."

"뭐, 뭐라고?"

벌컥!

얼마나 놀랐는지 오야붕이란 체면도 잊고 문밖으로 튀어나온 야마카와 호지가 호위대장인 겐지의 어깨를 잡고 격렬하게 흔들었다.

"저, 정말이더냐?"

"핫! 이 모두 사실이라고 했습니다."

"허……."

털썩!

엉덩방아를 찧듯 주저앉은 야마카와 호지의 입에 길고 긴 호선이 생겨나 귀에까지 걸렸다.

"이케다 쯔네에 이어 야마나카, 그리고 열 명의 싸움닭이 재기불능이 됐다라…… 크하하하핫!"

통쾌했던지 한참이나 파안대소를 해 대는 야마카와 호지였다.

"허허헛, 이제야 두 다리를 뻗고 잘 수 있겠군."

"오야붕, 더 드릴 말씀이 있습니다."

"어서 말해 보라."

"노디가 3억 엔을 추가로 요구해 왔습니다."

"뭐? 3억 엔을 더 달라 했다고?"

"핫!"

"원래 그렇게 얘기가 됐었나?"

"구두로 맺은 계약이라 애매한 부분이 있습니다만, 관례에 따르면 합당한 요구입니다."

"하긴, 추가로 야마나카와 열 명의 코친까지 해결했다면 정당한 요구이긴 하다. 뭐, 어쩌다 얻어걸린 것일 테지만."

"오야……붕."

"사실이 그렇잖아? 야마나카의 신분을 고려하면 어울리지 않는 말이지만, 그 녀석은 머리를 쓰는 책사이지 무예가는 아니지."

"……."

"그래도 결과가 중요하니 그냥 지나치기에는 걸쩍지근하긴 해. 아무튼 노디가 대단한 킬러를 확보한 것 같군."

"더 좋은 관계를 맺어야 합니다."

"그래, 네 말이 맞다."

'젠장. 어쩐다?'

일이 해결되고 나니 이제 와서 갈등이 살짝 고개를 들이민다.

'3억 엔이라…….'

예상치 못하게 큰돈이 나가게 생겼다.

'이럴 때는 화제를 바꾸는 게 좋지.'

야마카와 호지는 확답을 조금 미루기로 하고는 대화 내용의 방향을 살짝 틀었다.

"사카이와 이쿠다에게도 알렸나?"

사카이는 이번 전쟁의 지휘자였고, 이쿠다는 가라테 고수로서 결사조 대장을 맡은 인물이었다.

"아직 전하지 않았습니다."

"흠, 그럼 이렇게 하지."

"……?"

"노디에게는 확인할 시간이 필요하다고 해."

"오, 오야붕."

겐지의 목소리가 살짝 떨렸다.

그도 그럴 것이, 정보 상인의 세계에서 노디의 한마디는 곧 법이다.

즉, 청부금을 미루거나 비루한 핑계로 지불을 늦춘다면 신뢰가 무너져 서로의 관계가 끊어질 수 있다는 뜻.

이는 곧 향후 청부나 정보를 얻을 수 없다는 말과 같았다.

아울러 어떤 형식으로든 노디의 보복으로 이어질 수 있다는 것도 문제였다.

겐지는 순간, 피가 왕창 머리로 쏠렸는지 지끈지끈 두통을 느꼈다.

겐지의 기색을 눈치챈 야마카와 호지가 얼른 말을 이었다.

"어허, 청부금을 안 주겠다는 게 아니니 걱정하지 말거라."

"핫!"

"그리고 사카이와 이쿠다에게는 완전히 확인될 때까지 알리지 말라."

비상경계를 그대로 유지하란 얘기.

"알겠습니다."

"아이들도 마찬가지다."

"하잇."

"좋다. 이만 가 보도록."

"오야붕, 한 가지 더 있습니다."

"응?"

"중국인 왕원샹을 찾아 나섰던 엔도 상과 부하들 그리고 우리 애들이 다쳤다고 합니다."

"뭐, 뭐라?"

기분 좋은 듯 웃고 있던 야마카와 호지의 표정이 대번에 석고처럼 굳었다.

"어, 얼마나 다쳤나?"

"엔도 상은 크게 다치지 않았다고 합니다."

"다행이군. 다른 애들은?"

"병원 측의 말로는 한동안 입원해야 할 정도로 중상이라고 합니다."

"상대가 누구였나?"

"우리 애들 얘기로는 한 명이라고 했습니다."

"뭐어? 한 명?"

"핫! 속하도 믿기지 않아 몇 번이나 확인했습니다. 하지만 하나같이 그렇게 말하고 있습니다. 겹겹이 포위했지만 놈은 힘들이지 않고 달아났고, 오히려 50명에 가까운 애들이 부상을 당했다고 합니다."

"무슨 소설 속의 활극도 아니고……."

눈살을 잔뜩 찌푸리는 야마카와 호지의 눈이 단춧구멍만큼 가늘어졌다.

겐지가 없는 일을 꾸며서 보고할 리도 없으니 사실이라고 봐야 했다.

그런데 아무리 떠올려 봐도 야마카와 호지가 알고 있는 범위에서는 그럴 만한 무예가가 없었다.

"허어, 도무지 믿기지가 않는군."

"전해 듣기로는 무예도 뛰어나지만 동전을 암기로 사용하는 데 탁월한 솜씨를 지녔다고 했습니다."

"하면 포위망을 뚫었다는 게 동전이었다 이 말이지?"

바보가 아니라면 대번에 유추할 수 있는 일이었다.

"핫!"

"엄청난 녀석이 등장했다는 말이로군. 놈의 행방은?"

"죄송합니다, 오야붕. 부지런히 찾고 있습니다만 탈출한 후의 행적이 그 어디에서도 노출되지 않고 있다는 소식입니다."

"우리 안방인데도?"

"핫! 죄송합니다."

쿵. 쿵.

몸 둘 바를 모르겠다는 듯 이마로 바닥을 찧어 대는 겐지다.

"으음."

침음을 삼킨 야마카와 호지가 염두를 굴리면서 빠르게 손익계산에 들어갔다.

'미꾸라지 같은 놈이지만 실력이 그토록 출중하다면 찾아서 데리고 오는 것도 나쁘지 않겠어.'

걸리는 점은 극진흑룡회지만 이번 일 같은 경우가 아니라면 만날 일도 없는 오사카 촌놈일 뿐이라 무시해도 좋았다.

결정을 내린 야마카와 호지가 은근한 투로 말했다.

"겐지."

"핫! 오야붕."

"그 녀석을 찾아서 누구도 모르게 데려와라."

"무슨 뜻인지 알겠습니다."

"조건은 뭐든지 들어주겠다고 해. 돈이든 여자든 집이든 원하는 대로 들어주겠다고 하란 말이다."

"핫! 기필코 데려와 오야붕 앞에 무릎 꿇리겠습니다."

"좋아. 아참, 중요한 걸 빠뜨렸군. 그놈과 시비가 붙은 이유가 뭐라더냐?"

"이유는 한 가지밖에 없습니다."

대놓고 거론할 수 없는 내밀한 내용이었지만 히젠토를 훔쳐 간 범인일 확률이 크다는 얘기였다.

"그런 놈을 놓쳤다고? 그것도 극진흑룡회의 코친인 엔도가? 게다가 다치기까지?"

"……."

"크흠, 알았으니 물러가라."

"하잇! 편히 주무십시오, 오야붕."

겐지가 회랑처럼 긴 복도를 걸어 현관문을 열고 나갔다.

둘 사이의 대화에서, 싸우는 과정에서 병신이 된 기요노리에 대해서는 단 한마디도 언급되지 않았다.

이것이 준고세이인들의 비애였다.

"나카타, 이제 나와도 되네."

야마카와가 머물던 방에서 스모키 화장을 한 사내가 무릎걸음으로 나왔다.

'훅' 하고 풍기는 지분 냄새에 속살이 훤히 비치는 유카타 차림으로 보아 야마카와 호지의 호색 취미가 남색임이 드러났다.

나카타의 직책은 비서실장이지만 실제로는 이나가와카이의 두뇌 역할인 군사였다.

더불어 야마카와 호지의 잠자리 상대기도 했다.

"들었나?"

"들었습니다."

"노디 문제부터 말해 보게."

"스미요시카이와 교쿠도카이에게 나눠서 내라고 하십시오."

"흠, 그 생각을 하지 않은 건 아니네만 각자 출자금이 5 : 3 : 2라네."

이나가와카이에서 책임질 몫이 절반이란 뜻.

즉, 1억 5천만 엔을 내놔야 한다는 것이다. 그 돈을 내놓기가 너무 아까운 야마카와 호지였다.

화장실 갈 때의 마음과 나올 때의 마음이 다른 것이다.

"업적이 실로 훌륭합니다. 고로 그 부분은 상쇄될 수 있으니 당당하게 말하십시오. 앓던 이가 빠졌으니 저쪽에서도 쾌히 응할 것입니다."

"오잇, 그렇게 하지."

뭐, 뜻대로 안 되더라도 할 수 없다. 그리고 야마카와는 더 이상의 청부비를 지불할 생각이 전혀 없었다.

이미 1억 엔을 건넨 터였다.

이케다 쯔네를 제거하는 청부 비용으로 이나가와카이 5천만 엔, 스미요시카이 3천만 엔 그리고 교쿠도카이가 2천만 엔을 노디에게 지불한 것.

야마나카 세이지와 이케다 쯔네는 가외의 소득일 뿐이다.

물론 업계의 룰이 있어 무시하고 넘어갈 수 있는 건 아니지만 급하게 처리할 일도 아니었다.

그 때문에 야마카와는 대수롭지 않게 여기고는 엉뚱한 데 신경을 썼다.

"그리고 그놈 말일세. 영입하면 어떨까?"

"할 수만 있다면 최상입니다."

"내 생각도 그래. 그리고……."

"안 됩니다."

"응? 내가 무슨 말을 할 줄 알고?"

"지금 모리구치구미를 손대면 안 됩니다."

"허헛, 귀신이로세."

기가 꺾인 지금이 적기라 여겨 모리구치구미 도쿄 지부를 기습할 작정이었던 야마카와 호지는 내심을 들키자 쓴웃음을 지었다.

　'이래서 다들 똑똑한 인재들을 찾는 거지.'

　이런 인재들은 비용이 들어간다는 게 흠이긴 하지만 굳이 말하지 않더라도 제 스스로 논리를 만들어 납득하는 편리함이 있다.

　거기에 편법 혹은 탈법일 경우에는 적당히 알아서 모른 척해 주는 센스까지 있다.

　특히나 이번 같은 경우에는 쓴소리도 마다하지 않는다.

　"모리구치구미가 이번 일로 전력이 10% 줄었다고 해도 여전히 버거운 상대입니다."

　"시부야에 진출해 있는 애들만 상대하면 되지 않겠나?"

　나카타가 굳은 표정으로 고개를 저었다.

　"그들이 당하면 고베에서 그냥 있겠습니까? 설사 성공한다고 해도 우리 측 출혈도 만만치 않을 겁니다. 그렇게 되면 호시탐탐 먹이를 노리는 하이에나들에게 공격할 빌미를 제공할 수도 있습니다."

　하이에나란 도쿄와 그 주변에 산재해 있는 군소 야쿠자 조직을 일컫는 말이다.

　"끄응. 오히려 타깃이 될 수 있단 말이로군."

　가볍게 고개를 끄덕인 나카타가 말했다.

"희생이 커지면 이지메도 가능하지요."

"그럼 어쩌자는 건가?"

"먼저 생각할 것은 도쿄 시민들의 정서입니다."

"그렇긴 하지."

사실 뭘 좀 깔짝거리고 싶어도 도쿄 시민들의 눈치가 보여서 할 수가 없는 게 요즘이었다.

"당분간 조용히 있는 게 최선입니다."

"알았네. 그리하지."

"다시 자리를 깔겠습니다."

"그, 그럴까? 안 그래도 눈꺼풀이 무거워지기 시작하는군 그래."

복도로 나와 있던 야마카와 호지가 허리춤을 추스르며 방으로 들어서려는 그때였다.

'버-엉!' 하는 폭발음에 이어 '투르르' 하고 건물이 한차례 몸서리를 쳤다.

"지, 지진?"

"지진과는 달리 느껴집니다."

"어째서?"

"바닥은 진동이 느껴지지 않았으니까요."

"하면?"

"폭발음 같습니다. 먼 거리에서 들리긴 했지만 틀림없습니다."

"아까도 들리지 않았나?"

"세 번의 폭죽놀이나 다름없었지요. 소방차와 구급차 사이렌 소리가 들린 걸 보면 아마 화재로 인한 것이 아닌가 싶습니다."

"이번엔 꽤 크게 들렸다네. 혹시 지옥유령이라도 온 겐가?"

"어? 그러고 보니……."

찰나 생각에 잠겼던 나카타가 말을 이었다.

"고교 쪽에서 들려온 것 같습니다."

"그쪽이 확실하다면 지옥유령이 온 걸 거야."

"TV를 틀겠습니다."

"그래. 잠자기는 글렀으니 조금 이르긴 하지만 하루 일과를 시작해 보자고."

들끓는 일본

일본 총리 관저.

새벽 5시가 갓 넘은 총리 관저 밀실에는 네 명이 머리를 맞대고 있었다.

면면은 모리 총리를 비롯해 내각관방장관 마츠카와 아카리, 내각정보조사실 실장 오카다 쇼지, 방위청 청장 미야모토 슌스케였다.

모두가 내각총리인 모리 수상의 직속 관할하에 있는 부서의 장들로, 총리가 임명하고 일왕이 재가한 인물들이었다.

"사안이 사안이라 새벽 댓바람부터 오라고 했소."

말투는 얼핏 부드럽게 들리지만 모리 수상의 심경을 대변하는 만큼 무척이나 무겁게 느껴졌다.

이유야 빤한 것이 요 며칠 야스쿠니의 소멸로 인해 분노와 짜증, 공포가 가슴을 후비고 들어와 모리 수상의 기분을 갈기갈기 찢어 놓았기 때문이다.

거기에 모리 수상을 더 곤혹스럽게 만든 것은 해결의 기미가 전혀 보이지 않는다는 점이었다.

한데 일진이 사나운지 엎친 데 덮친 격으로 불난 집에 기름이라도 붓듯 이번에는 도쿄 도청, 그리고 고쿄까지 한꺼번에 대형 사건이 터져 버렸다.

고로 이제는 자칫 수상이란 자리까지 위태한 처지가 되어 버려 마음이 더없이 급해졌다.

이를 눈치챘는지 각료들이 머리를 깊숙이 숙였다.

"별말씀을요."

"당연히 달려와야지요."

"아무튼 고맙소. 방위청 청장의 얘기부터 듣기로 하겠소."

"각하, 이마나카 쇼타 도지사는 부르지 않았습니까?"

"도지사는 지금 현지에서 지도하기 바빠서 관저로 올 상황이 아니오. 그보다 방위청장, 도지사가 한 말이 있었소?"

"그렇지 않아도 들어오기 전에 통화를 했는데, 아직 조사 중이니 조금만 기다려 달라고…… 곧 연락하겠다고 했으니 믿어 보시지요."

"이마나카 도지사는 너무 신중한 게 탈이군. 그냥 화약의 흔적 유무만 알려 줘도 도움이 될 텐데, 쯧."

"각하, 고쿄에 관한 보고부터 받으시지요."

내각관방장관인 마츠카와 아카리가 말했다.

"그쪽도 조사가 부실하긴 마찬가지 아니오?"

"시간이 촉박해서 어쩔 수 없습니다만, 야스쿠니와는 조금 달라서요."

"다르다니 뭐가 말이오?"

"말씀드리게."

미츠카와가 옆에 앉은 내각정보조사실 실장인 오카다 쇼지에게 턱짓을 했다.

새삼스럽게 머리를 숙여 인사를 한 오카다가 입을 열었다.

"각하, 고쿄는 야스쿠니와 달리 전체가 소멸되지 않았다는 것입니다."

"그래?"

"핫! 소멸된 건 세이덴(정전), 호메이덴(풍명전), 메가네바시, 니주바시, 후시미야구라(성루), 산노마루쇼조칸, 사쿠라다몬입니다. 나머지는 형태가 온전합니다."

"그 정도 피해라면…… 거의 다 소멸된 거나 마찬가지 아닌가?"

살짝 밝아지던 모리 수상의 얼굴이 금세 침울 모드로 돌아갔다.

"특히 산노마루쇼조칸은 폐하께오서 아끼는 황실 유물을 상설 전시하는 곳인데……."

"그, 그런 점이 있습니다만……."

우물쭈물하는 오카다를 본 마츠카와가 얼른 나섰다.

"각하, 곧 있으면 총리 관저 앞이 기자들로 북적거릴 테니 그 점을 생각하셔야 합니다."

"아!"

미처 생각지 못했다는 듯 모리 수상이 나지막이 탄식했다.

"그렇군."

눈을 좁힌 모리 수상이 수긍했는지 마츠카와를 직시하자, 곧 말이 나왔다.

"도쿄 도청 폭발과 고교의 소멸은 불과 1시간도 채 안 되는 간격을 두고 벌어진 일입니다. 그 말은 공식적인 발표를 미룰 수 있음을 뜻합니다."

"그렇지."

"다만 모르쇠보다는 어느 정도 인지하고 있는 부분이 있음을 비치는 뉘앙스가 필요합니다. 그리고 굳이 자세히 밝힐 필요도 없이 굳은 표정만 연출하시면 됩니다."

"그야……."

모리 수상은 정치 9단인 사람이다. 그 정도의 연기는 결코 어렵지 않았다.

그래도 미리 외워 놔야 이로운 것은 있었다.

그것이 관심이고 수상 자리에 앉아 있는 자의 의무지만 국민들의 눈을 잠시 가리는 데는 이만한 쇼도 없다.

"세이덴과 호메이덴 그리고 산노마루쇼조칸…… 또 뭐라고 했소?"

"메가네바시, 니주바시, 후시미야구라(성루), 사쿠라다몬입니다."

"유물들은 무사한 거요?"

"모두…… 소멸됐을 것이란 판단입니다."

"아니! 돌이나 쇳덩이는 소멸에서 제외됐다고 하지 않았소?"

"각하, 이번에 달라진 게 있다면 바로 그 부분입니다."

"달라지다니!"

"야스쿠니는 쇠와 돌이 남아 있었지만, 고쿄는 그마저도 전부 소멸됐다고 합니다."

"증거가 있소?"

"아, 오테몬의 담장이 전부 사라졌고 또 후시미야구라도 보이지 않는다고 합니다."

모두가 돌이나 기와 또는 시멘트로 지은 건축물들이었다.

"허어! 이런 변이 있나?"

그때, 휴대폰이 울리고 내각관방장관인 마츠카와가 액정을 확인하더니 입을 열었다.

"각하, 이마나카 도지사입니다."

"때마침 잘됐소."

궁하던 차에 정보를 하나라도 더 수집할 수 있게 되어 잔뜩 굳어 있던 마음이 조금은 풀린 모리 수상이다.

"스피커 모드로 전환해서 같이 들어 봅시다."

"하이. 이마나카 도지사, 마츠카와요."

—아, 관방장관님.

"지금 각하와 함께 도지사의 말을 듣고 있으니 뭐라도 얻은 게 있으면 말씀해 주시오."

—핫! 수상 각하, 이마나카입니다.

"수고가 많소. 인명 피해는 없다지요?"

—그렇습니다. 하지만 청사는 언제든 무너질 수 있다는 결론입니다.

"유감스럽지만 조속히 대체할 업무 공간을 마련토록 하시오."

—한동안 도정에 차질이 생기는 것은 어쩔 수 없는 일입니다만 최대한 서둘러 보겠습니다.

"부탁하오. 다른 사항은 없소이까?"

—아! 화약의 흔적은 그 어디에도 보이지 않는다는 다지와 소방장의 견해가 있었습니다.

"그럴 수도 있소?"

—보다 세밀한 조사가 필요합니다. 오늘 오전까지는 결론을 내겠습니다.

한마디로 말미를 달라는 얘기였다.

"알았소."

—각하, 지금 NHK 방송국 헬기가 떴습니다. 방송으로 보

시는 게 보다 현실감이 있을 것 같습니다.

"그리하리다. 계속 수고해 주시오."

─하잇!

"관방장관, 아무래도 5등급 비상사태 발령을 선포해야겠소."

"그건 각료들의 의견을 취합한 후에 각하만이 선포할 수 있는 권한입니다. 현재 육상자위대까지 출동한 상황이라 진즉에 실행했어야 하고요."

"그럼 이따가 기자회견 때 발표하도록 합시다."

"그러시는 게 옳습니다."

"그리고 오카다 실장은 뭘 좀 건진 게 있는가?"

"죄송합니다. 미국의 플루토 측에서도 확실한 원인을 찾지 못했다고 합니다. 다만……."

"다만?"

"염력에 의한 테러일 확률이 90% 이상이라고 했습니다."

"염력? 하면 우리 아마테라스 요원들도 그리할 수 있나?"

"불가능하다고 합니다. 그 때문에 야스쿠니도 확실한 원인을 밝히지 못하고 있는 것입니다."

"으으음, 우리 대일본이 할 수 있는 게 없다니, 미치겠군."

자존심이 끝도 없이 추락하는 것 같았다.

거기에 외국의 시선들이 일본에 집중되어 있는 것도 한몫 거들고 있어 한시라도 빨리 결과를 내는 것이 면목을 세우는 일이 되어 버렸다.

'으드득, 어떤 빌어먹을 자식인지 잡히기만 해 봐라.'

범인은 물론, 범인이 속한 나라까지 절대 가만두지 않을 것이다.

'끙. 하필이면 장기 집권을 노리는 이때에 횡액이 연달아 발생하다니…… 뿌드득.'

이빨까지 갈아 대며 끓어오르는 분노를 삭이느라 한동안 말이 없던 모리 수상이 입을 열었다.

"이미 벌어진 일을 주워 담을 수는 없지. 지금은 수습이 중요하오. 아울러 향후 국민들의 반응이 어떨지도 감안해야 하고."

사실 무엇보다 국민들의 감정이 어떤지가 가장 민감한 문제였다.

모리 수상이 알고 있는 상식에 크랙이 쩍쩍 나고 있는 만큼이나 국민들도 패닉에 빠져들었을 것이 뻔하기에 시기를 보아 특단의 대책을 발표해야 한다.

"관방장관, 대책이 필요한데……."

"그럴 줄 알고 생각을 해 봤습니다."

"뭔……가?"

"7등급 비상사태를 발령하는 것입니다."

"7등급이라고? 허어, 어디서 원자폭탄이라도 떨어진 줄 알겠소이다."

바인더북

"각하, 어쩌면 지금이 그보다 더 심각할지도 모릅니다. 그리고 이번 기회를 빌미 삼아 국민들을 강력하게 잡아 놓지 않는다면 소요 사태가 발생할 수도 있습니다."

일본에서의 7등급 비상사태는 긴급조치발령과 다름없었다.

즉, 국가 존립을 위태롭게 하는 비정상적인 사태에 직면했을 때, 혹은 그러한 사태 발생이 예상되는 경우에 발령 선포하는 것이 7등급 비상사태인 것이다.

"각하, 야스쿠니에 이어 도쿄 도청 그리고 고쿄까지 당했습니다. 이제는 어디가 타깃이 될지 알 수 없습니다. 당장이라도 이곳 총리 관저가 타깃이 될 수도 있고요."

"흐으음."

충분히 일리 있는 말이라 모리 수상은 깊은 침음을 흘렸다.

"각하, 결단을 내리셔야 합니다. 필요하면 계엄령도 마다해서는 안 됩니다. 야스쿠니에서 고쿄까지의 사태만 보더라도 국가의 안위가 달린 국가비상사태에 직면했음을 국민에게 인지시켜야 합니다."

"으음, 각료들과 최종 의견을 취합해 볼 테니, 관방장관이 애써 주시오."

미리 알아서 분위기를 조성해 놓으란 얘기.

"이를 말입니까? 당장 각료들에게 연락해 총리관저로 불러들이겠습니다."

"그렇게 하시오."

똑똑똑.

그때, 노크 소리가 들려왔다.

"제가 나가 보겠습니다."

오카다가 출입문으로 가더니 곧 쪽지 한 장을 받아 와서 마츠카와에게 건넸다.

"이번에도 깃발이 있었답니다. 쪽지는 깃발의 내용이라고 합니다."

"괘씸한 놈. 아주 가지고 노는구나."

인상을 확 구긴 마츠카와가 신경질적으로 쪽지를 펼쳤다.

그러나 곧 무슨 내용을 봤는지 손을 부들부들 떨어 대며 짓씹는 어투로 욕설을 뱉어 냈다.

"빠, 빠가야로!"

"허어! 쫌……."

"핫! 각하! 죄, 죄송합니다. 저도 모르게 흥분해서요. 보시기 민망한 내용이나 그래도 보셔야 할 것 같습니다. 여기……."

두 손으로 들어 바치니 굳이 펼쳐 보지 않아도 글귀가 환희 들어왔다.

The fury of heaven(the ghost of hell)

"하늘의 분노?"

"괘씸하기 짝이 없는 놈입니다. 하늘의 분노라니요? 제까 짓 게 뭔데 함부로 하늘을 운운하다니."

"진정……하시오."

말은 그렇게 했지만 모리 수상은 '하늘의 분노'라는 그 문구에 소름이 끼쳤다.

마치 차가운 얼음 조각이 심장을 서서히 얼리는 듯 냉기가 전신을 휘감아 오는 것만 같은 기분에 전신이 다 오싹했다.

'이런 기분…… 나만 그런 건 아닐 테지.'

그도 그럴 것이, 야스쿠니 도쿄 도청 그리고 고쿄의 상황만 보면 도저히 인간이 한 짓이라고 믿기 어려운 게 사실이다.

아마 대다수의 국민들이 그렇게 느낄 것이다.

차라리 범용 폭탄이라도 떨어뜨렸다면 이해나 하지.

폭탄은커녕 초능력자들의 전유물인 염력 덩어리로 인한 현상이라니, 이게 믿기는 말이어야 말이지.

고로 총리인 자신을 비롯한 각료들조차 멘붕에 빠졌다면 국민들은 말할 것도 없을 것이다.

멘붕 다음에는 공포가 온다.

공포란 놈은 온몸을 굳게 할 뿐 아니라 영혼까지 갈기갈기 찢어 놓는다.

이는 곧 국민들끼리도 서로 불신해 혼란을 야기하는 원인으로 작용할 가능성이 컸다.

그러나 마치 보이지 않는 그 무엇인가가 일본을 갉아먹고 있는 것만 같아 대책이 묘연하다는 게 문제였다.

모리 수상의 눈에 살짝 이채가 돌았다.

이제 결론을 내려야 할 때였다.

빠른 상황 판단과 지시, 그리고 그 결과에 대해 책임을 지는 것은 이 자리에 앉은 자의 숙명이었으니까.

"관방장관."

"하! 각하."

"오늘 이 시간부터 불요불급한 정무 외에는 전부 뒤로 미루고 지옥유령이란 놈을 잡는 데 총력을 기울이시오. 지옥유령에 관한 건에 한해 전권을 부여하겠소."

"각하, 명을 받들겠습니다."

"방위청장은 육상자위대로 하여금 적극 협조토록 하시오."

"알겠습니다, 각하."

"경시청은 치안만 담당토록 할 터이니 지옥유령에 관한 건은 자위대가 전적으로 맡아서 지휘하란 뜻이오."

"핫! 각하."

"각하, 군대를 동원하는 문제는 이따가 기자들을 만날 때 미리 언질을 해야 무리가 없을 것입니다."

"물론이오. 그래야 알아서 소설을 써 줄 텐데 내가 무엇

땜에 그걸 아끼겠소?"

"우익 인사들에게 은근히 분위기를 띄워 놓으면 알아서 할 것입니다."

"그 문제는 알아서 하시오."

"하이. 그리고 소관이 지옥의 유령이란 놈을 기필코 찾아내서 각하 앞에 대령하겠습니다."

"좋소. 그건 그렇게 조치하는 것으로 합시다. 그나저나 한국이 우리의 헌법을 가지고 충고를 했다고요?"

"각하, 들을 가치도 없는 말입니다."

"아니오. 나는 달리 해석했소."

"예?"

"전쟁을 하려면 법부터 바꿔서 덤벼 보라고 말이오."

"……!"

"그래서 이번 사태가 조금 진정되면 독도를…… 독도를 탈환해야겠소."

"가, 각하! 그건 헌법부터 손보고 나서 해도 늦지 않아……."

"그만!"

"핫!"

"우리 땅을 우리가 가져오겠다는데 헌법을 고칠 이유가 있소?"

"그, 그야……."

"내 맘은 확정됐으니 관방장관은 분위기나 조성토록 하시오."

"아, 알겠습니다."

모리 수상의 시선이 방위청장인 미야모토 슌스케에게로 향했다.

"방위청장은 그럴 자신이 있소?"

"각하, 우리 해상자위대는 더 이상 치안 유지나 전수 방위에 국한되어 있지 않고 적극적 안보를 추구한 지 오래입니다. 이지스함과 구축함만 해도 30척을 보유하고 있습니다. 거기에 잠수함은 19척입니다. 또한 그에 걸맞은 공군력까지 보유하고 있습니다. 특히 대잠초계기는 미국을 능가할 것이라는 말이 나올 정도로 막강합니다. 그러니 독도가 아니라 한국을 점령하라고 해도 전혀 문제가 되지 않습니다."

"허허헛. 방위청장의 그 패기가 마음에 드오."

"감사합니다."

"혹시 상륙하는 과정에서 육상 교전이 있을지도 모르니 병사들의 상륙 훈련에 만전을 기하도록 하시오."

"핫! 염려하지 마십시오, 각하."

"흠. 아까부터 밖이 시끌시끌한 것 같소."

"기자들이 몰려와 있습니다. 호외라도 뿌릴 기세이니 각하께서는 그들을 잘 이용하시기 바랍니다."

"알겠소. 자, 어차피 맞을 거면 매도 빨리 맞는 게 낫겠지요. 이만 나가 봅시다."

"핫!"

"하이!"

오늘 새벽을 기해 고쿄와 도쿄 도청이 동시다발적으로 붕괴되는 일대 참사를 겪은 일본은 현재 가마솥의 팥죽처럼 들끓는 중이었다.

가장 먼저 반응을 보인 곳은 역시나 방송 매체들이었고, 당연하다시피 메인 아나운서들의 절규에 찬 목소리가 터져 나오고 있었다.

"아아아, 국민 여러분! 마침내 우려하던 일이 벌어지고 말았습니다. 지옥유령의 예고대로 천황 폐하의 거주지인 고쿄가, 고쿄가…… 테러로 인해 전부 사라지고 말았습니다. 이번에는 주춧돌 하나 남지 않고 완전히 소멸하고 말았다는 현장 기자의 소식에 본 아나운서는 통곡하고 싶은 마음뿐입니다. 그뿐이 아닙니다. 도쿄도의 상징인 도쿄 도청 역시 테러를 당해 현재 불길이 치솟고 있다고 합니다. 도대체 이게 웬 날벼락이란 말입니까? 그나마 다행스러운 일은 인적이 뜸한 새벽 시간에 벌어진 일이어서 그런지 지금까지는 인명 피해 소식이 들어오고 있지 않다는 것입니다. 그럼 지금부터 처참한 테러의 현장인 고교로 가 보겠습니다. 오지리 다이스케 기자, 나와 주세요."

─하이. 오지리 다이스케 기자입니다.

"지금 상황이 어떤지 전해 주시지요."

─한마디로 폐허라고 할 수 있습니다. 화면에서 보시다시피 천황 폐하의 거주지였다는 흔적이 단 한 군데도 보이지 않습니다. 심지어는 돌다리인 메가네바시와 니주바시도 사라졌습니다. 남은 건 오로지 고교를 둘러싸고 있는 해자뿐입니다. 본 기자가 무슨 말로도 설명할 수 없는 현장은 그야말로 처참함 그 자체입니다. 오로지 검은 재만이, 아니 모래만이 쌓여 있는 폐허나 다름없습니다. 현재 시각 강풍이 불고 있지만 다행히도 맹독을 함유하고 있다는 검은 모래는 흩날리지 않고 있습니다. 본 기자는 이런 현상을 좋아해야 할지 말아야 할지 감이 안 잡힙니다. 지금 화면에 나오는 것은 고교가이엔의 한 축이 폭풍이라도 만난 듯 아름드리나무들이 뿌리째 뽑혀 나간 장면입니다. 이 역시 비참한 모습이 아닐 수 없습니다. 불행히도 운동을 나왔던 시민 몇 명이 부상을 당해 병원으로 이송되었다고 합니다. 이로 인해 시민들이 자유롭게 드나들어 휴식을 누려야 할 고교가이엔이 폴리스 라인으로 둘러싸여 입입금지(立入禁止) 구역이 되고 말았습니다. 향후 도쿄 시민들께서는 별도의 지시가 없더라도 고교 인근에 방문하는 것을 삼가 주시기 바랍니다. 이상 고교에서 오

지리 다이스케 기자였습니다.

"수고하셨습니다. 시민 여러분! 방금 들으신 것처럼 당국의 별도 지시가 있을 때까지 고교 근처는 다가가지 말아 주시기 바랍니다. 이번에는 도쿄 도청으로 가 보겠습니다. 아오야마 하나코 기자 나와 주세요."

─네! 도쿄 도청에 나와 있는 아오야마 하나코 기자입니다. 지금 제 뒤로 보이는 장면이 바로 불길에 휩싸인 도쿄 도청사의 모습입니다. 현재 우측 건물은 29층에서, 좌측 건물은 31층에서 불길이 치솟았다고 합니다. 그리고 본관은 5층에서부터 시작되었고요. 보고 계신 것처럼 현재 불길이 거센 이유는 12월의 강풍 때문입니다. 그로 인해 불길을 잡기가 쉽지 않아 진화에 애를 먹고 있습니다.

"아오야마 기자, 인명 피해는 없습니까?"

─하이. 천만다행히도 부상자나 사망자는 없다는 다지와 소방장의 말이 있었습니다. 직접 들어 보겠습니다. 다지와 소방장, 수고가 많으십니다.

─소방관으로서 할 일을 하고 있을 뿐입니다. 다만 불길 속에서 고군분투하고 있는 소방대원들의 안전이 걱정될 뿐입니다.

─그렇겠군요. 이 화마의 원인이 어디에 있다고 보십니까?

─정확한 원인은 불길을 잡아 놓은 후에 알아봐야 합니다.

그러나 제보가 있긴 했습니다.

─제보요?

─믿거나 말거나 할 법한 제보이긴 하지만 목격자들이 한결같이 유성이 떨어졌다고 말하고 있습니다. 물론 어느 분은 포탄이 날아드는 것을 보았다고도 했습니다.

─둘 중 어느 쪽에 더 무게를 두십니까?

─일단 포탄이 날아들었다는 부분은 제외했습니다.

─그건 왜죠?

─화약의 흔적이 없기 때문입니다.

─아!

─밤사이 유성이 떨어졌다는 것은 신빙성이 있어서 불길을 진화한 이후에 정밀 감식으로 알아봐야 합니다. 지금은 뭐라고 말씀드릴 게 없습니다.

─불길은 언제쯤이나 잡힐 것 같습니까?

─강풍이 문제지만 오늘 저녁쯤에는 진화될 것으로 봅니다.

─말씀 감사합니다. 계속 수고해 주십시오.

─감사합니다.

─본 기자가 이마나카 쇼타 도지사를 찾아 인터뷰를 해 보려고 했지만, 본 기자가 도착하기 전까지 현장을 지휘하다가 총리 관저로 떠났다고 합니다. 이상 도쿄 도청에서 아오야마 하나코 기자였습니다.

바인더북

"아오야마 하나코 기자, 수고하셨습니다. 이번에는 시부야 오거리에 나가 있는 야마노 오키토 기자 연결하겠습니다. 야마노 오키토 기자."

−하이. 도쿄 시부야 오거리에 나와 있는 야마노 오키토 기자입니다.

"지금 화면에 출근하는 시민들로 붐비는 장면이 나오고 있군요."

−그렇습니다. 시부야 오거리 횡단보도는 원체 붐비는 곳으로 알려져 있으니까요. 이런 모습을 보려고 관광객들까지 카페에서 진을 치고 있을 정도로 유명세를 떨친 곳이기도 합니다.

"그렇군요. 요즘 도쿄와 시민들의 분위기가 어떤지 말씀해 주시죠."

−한마디로 참담한 심정입니다. 야스쿠니에 이어 고쿄와 도쿄 도청의 폭발은 폭풍이 되어 일본을 휩쓸었다고 해도 과언이 아닙니다. 그 때문에 매일같이 정돈되고 안온한 분위기였던 도쿄가 어수선해지기 시작했습니다. 도쿄 시민들의 감정이 점점 격화되어 가고 있으며 경제지수를 한눈에 보여 주는 니케이지수 역시 바닥을 모르고 하락하고 있습니다. 거기에 도쿄의 땅값과 집값도 급격히 동반 하락하는 중입니다. 이보다 더 도쿄의 분위기를 잘 말해 주는 것이 있을까요?

"아, 듣고 보니 본 아나운서도 참으로 참담한 심경입니다.

야마노 오키토 기자, 지금 출근하는 시민들의 반응은 어떻습니까?"

　-직접 들어 보시죠. 오하요 고자이마스!

　-하이. 오하요 고자이마스.

　-어디 사는 누구신지요?

　-아카사카에 사는 오야츠 스쿠네입니다.

　-오늘 새벽에 고쿄가 사라지고 도쿄 도청이 폭발한 일을 알고 계십니까?

　-물론입니다.

　-어떤 심정입니까?

　-말해 무엇 합니까. 격분되는 마음을 억지로 참고 출근하는 중입니다. 아마 시부야 오거리를 지나는 모든 일본인들이 그런 심정일 겁니다. 아니, 전 일본 국민들이 같은 심정일 거라고 저는 믿습니다.

　-본 기자 역시 같은 심정입니다. 이 일을 두고 우리 일본이 어떻게 처신하는 게 좋겠습니까?

　-들고일어나야 합니다. 대화혼을 깨워야 합니다. 그리고 범인이 누군지 밝혀내야 합니다.

　-범인이 누구일 것 같습니까?

　-짐작 가는 것이 없습니다. 하지만 확실한 것은 일본인이 그럴 리가 없다는 점입니다.

　-그 말은 다른 나라가 개입됐다는 뜻입니까?

-당연하지 않나요?

-그렇군요. 이웃 나라 중에 범인이 속한 나라가 있다면 어찌하겠습니까?

-전쟁을 불사해야 합니다.

-우리 나라 헌법이 가로막고 있는데도요?

-뜯어고쳐서라도 전쟁에 나서야 합니다. 누구보다 제가 먼저 자위대에 입대해 총칼을 들 것입니다.

-패기가 넘치는 모습이 보기 좋군요. 인터뷰에 응해 주셔서 감사합니다.

-덴노헤이카 반자이!

다음 권으로 이어집니다

200평 초대형 24시 만화방

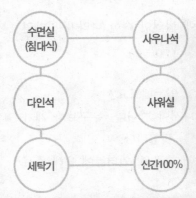

수면실(침대식) — 사우나석
다인석 — 샤워실
세탁기 — 신간100%

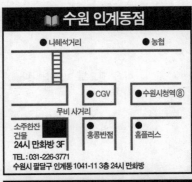

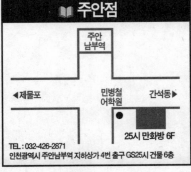

회귀 했더니

에바트리체 현대 판타지 장편소설

입대 전날

문피아 압도적인 1위!
회귀물 끝판왕! 군대물 종결작!

잘나가던 인생에서 나락으로 떨어진 이강진
하루하루 빌어먹던 그의 눈에 띈 한 게시글

[회귀 트럭이라고 아시나요? 뛰어들면 과거……]

"나아아아아! 다시 돌아갈래에에에에!"

익숙한 천장, 그리운 엄마의 얼굴
"강진아, 어서 일어나! 군대 가야지!"
아니, 아무리 그래도…… 이건 아니지 않은가!
재입대라니! 재입대라니!

모든 남자들의 로망(?)인 재입대를 이룬 이강진
젠장, 이렇게 된 거 단 하루라도 더 군대에서 벗어난다!

숨겨진 포상 휴가의 각이 보이는 말년(?) 이등병 이강진
포상 휴가! 넌 내 거야!